純白の灰かぶりと十年愛

レベッカ・ウインターズ 作

児玉みずうみ 訳

ハーレクイン・イマージュ

東京・ロンドン・トロント・パリ・ニューヨーク・アムステルダム
ハンブルク・ストックホルム・ミラノ・シドニー・マドリッド・ワルシャワ
ブダペスト・リオデジャネイロ・ルクセンブルク・フリブール・ムンバイ

BILLIONAIRE'S SECOND CHANCE IN PARIS

by Rebecca Winters

Published by Harlequin Japan, a Division of K.K. HarperCollins Japan, 2023

レベッカ・ウインターズ

アメリカの作家。17歳のときフランス語を学ぶためスイスの寄宿学校に入り、さまざまな国籍の少女たちと出会った。これが世界を知るきっかけとなる。帰国後大学で、多数の外国語や歴史を学び、フランス語と歴史の教師になった。ユタ州ソルトレイクシティに住み、4人の子供を育てながら執筆活動を開始。これまでに数々の賞を受けたベテラン作家である。

主要登場人物

フルール・デュモット……〈エール・テック〉勤務。愛称フルリーヌ。
シモーヌ・デュモット……フルリーヌの母親。
ギャルベル・デュモット……フルリーヌの父親。
エマ・デュモット……フルリーヌの妹。
マルティ・デュモット……フルリーヌの弟。
ラウル・カウセル……フルリーヌの幼なじみ。
ニコラ・カウセル……ラウルの三つ子の兄。
ジャン・ルイ・カウセル……ラウルの三つ子の弟。
ルイ・カウセル……ラウルたちの父親。

十五センチほどの男の子の形に整える。いつもならレーズンを並べてボタンに見せるけれど、今日はラウル・カウセルのためのものだからなにものせずに焼いた。

パンが冷めてから、ボタンに見たててアイシングをぬり、チョコチップで装飾も加えた。ラウルはこのマナラというパンが大好きなのだ。これが彼に贈る別れのプレゼントなのは秘密だった。恐ろしい父親に男の子との交際を禁じられていたため、ラウルへの思いは誰にも打ち明けたことがなかった。

昨日、ラウルは町で父親の手伝いをしているフルリーヌを見かけ、今日、西の干し草小屋で会えないかと話しかけてきた。しかし次の瞬間、彼女の喜びは絶望に変わった。あさって彼は兄弟と家を出て、何百キロも離れたパリのビジネススクールへ行くというのだ。

フルリーヌはカウセル家の地所で生まれ育った。

プロローグ

十年前、フランス東部のラ・ランサニューズ
カウセル家の地所

十七歳のフルリーヌ・デュモットは自宅に一人きりだった。ありがたいことに、横暴な父親はカウセル家の酪農場で遅くまで働いている。やさしくてすばらしい母親は、妹と弟と一緒にラ・ランサニューズの町へ買い物に出かけていて、しばらくは帰ってこない。フルリーヌは一人になりたくて、五人家族全員分の洗濯をすると宣言したのだった。

一秒も無駄にしないように家事はすばやく片づけ、それから夢中になってパンを作りはじめて、生地を

このあたりの子供たちはみんな同じ学校に通う。ラウルは彼女より十一カ月年上で、二人はこの二年間、何十回と学校からの帰り道で会っていた。

ラウルがいなくなるという事実はつらいけれど、彼のためになにかしたかった。マナラを袋に入れると、父親に知られないようにキッチンを片づけ、十三歳の妹エマと使っている寝室へ急ぐ。十一歳の弟のマルティには自分一人の部屋が与えられていた。

手持ちの服は膝丈の不格好な白いワンピースしかなかった。袖は長く、まるで百年前の看護師の制服みたいだ。ラウルはほかの服を着ている私を見たことがない。友達のように教会へ行けて、きれいな服を着られたらいいのに。足首まである茶色の編み上げ靴も大嫌いだ。でも、いくら願ってもどれもかなわない。

デュモット家の女性たちは、化粧をしたり香水をつけたり髪を切ったりすることを禁じられていた。だから、フルリーヌは長い髪をとかすしかなかった。リボンやバレッタも使えず、流行の服を着るなど論外だ。父親はしょっちゅう〝フルール、エマ、おまえたちがスイスに眠る祖先の血を引く娘なら、俺の家では俺の規則に従え！〟と言う。その規則は十八世紀の専制君主が定めたのかと思うほど厳しかった。

フルリーヌはプレゼントを持って家を飛び出し、自転車に乗った。ラウルは働き者で、父親のルイをとても大切にしていた。その父親がラウルとその兄弟に大きな期待を寄せていることは周知の事実だ。フランスでも有名な億万長者であるルイ・カウセルの姿は何度か見かけたけれど、実際に会ったことは一度もない。フルリーヌの父親がルイと彼の家族、特に三つ子の息子たちを憎んでいるせいだ。

小屋の表にラウルの自転車が見えると、フルリーヌは自分の自転車を小屋の裏にとめた。酪農場から帰ってくる父親に見つかりたくはなかった。

「待っていたよ、フルリーヌ」ラウルの声が聞こえた。彼は小屋の裏まで歩いてきて、フルリーヌを見つめた。「来てくれてよかった」ラウルが笑顔になり、彼女は心が明るくなるのを感じた。

誰も彼女がフルリーヌだとは知らない。本当の名前はフルールだけれど、昨年からラウルにはそう呼ばれるようになった。そして、彼女の瞳は北の牧草地に咲く菫《すみれ》の花と同じ色だとほめてくれた。フルリーヌ自身は自分の瞳の色を、紫色がかった平凡なグレーだと思っていた。

そういうわけで、ラウルに名前をつけてもらったあとは、心の中で自分をフルリーヌと呼んでいた。彼はその言葉の響きが美しいと言ってくれた。

「自転車は中に入れるといい」二人はフルリーヌの自転車を押して小屋の表にまわり、中へ入って大きな扉を閉めた。

ラウルは楽しくて、刺激的で、息をのむほどハンサムな青年だった。いきいきとした黒い瞳とつややかな黒い髪を見るだけで、フルリーヌは彼に笑顔を向けられたときと同じくらいうれしくなる。けれどさっそうとした海賊に似ている彼と比べて、自分のことはいつも取るに足りない存在に思っていた。

華やかな魅力を持ち、長身でたくましいカウセル家の三つ子よりすてきな若者は、学校はおろかフランスじゅうにもいなかった。女友達は彼らの写真が新聞や雑誌に載り、テレビにも出ていると言っていたけれど、フルリーヌの父親はラジオやテレビはもちろん、本や雑誌すら家に置かせなかった。

「洗濯を先にすませないといけなかったの。それがなければもっと早く来られたんだけど。ほら、これ」フルリーヌはラウルに袋を渡した。「あなたのために焼いたの」

じっと見つめられて、フルリーヌの全身は温かくなった。ラウルが袋を開け、マナラを一つ取り出した。「君がフランスで最高の料理人かどうか、確かめてみよう」

フルリーヌは顔が熱くなった。「冗談はやめて」

「冗談なんかじゃない。君の料理を食べたことがあるんだから。君なら五つ星の料理学校で先生ができる」そう言うと、ラウルはマナデをあっという間に平らげた。「うん、これは大賞に値するな。お礼として、君の好きなものをあげよう」

私の好きなもの？　フルリーヌは意気地なしだったので、ラウルが決して与えられないものが欲しいとは言えなかった。父親からはカウセル家の者とはかかわるなと命令されている。もしかかわればひどい目にあわせるぞ、と。なのに、愚かな私はラウルの恋人になりたいとひそかに夢見てきた。

フルリーヌは、ラウルがラ・ランサニューズを出ていくのをずっと恐れていた。子供時代は終わった。今までは同じ土地に生まれたおかげで一緒にいられたけれど、もうそうじゃなくなる。彼との別れをどうすることもできないのは死にそうなくらいつらい。ラウルのいない一日を生きるのは、冒険や驚きを経験できず、生きている実感も味わえないということだ。

「ずっと僕がしたかった方法でお礼をしてもいいかな？」

彼の口調はどこか変だった。「どういう意味？」

「君はラ・ランサニューズの誰かにキスされたことがあるかい、フルリーヌ？　本物のキスをされたことが。レミーとトマからはあるよね。いつも一緒にいるから」

「二人はただの友達よ」フルリーヌは胸がどきどきした。

「僕もただの友達かな？」

彼女は目をそらした。「いい友達だと思うわ。私を困らせたいの？」

「違う。君がこっそり気になっている人がこの土地にいるのか知りたいんだ」

「どうしてそんなことをきくの？」声は震えていた。

「父がどういう人かは知ってるでしょう？」

「お父さんのことは少し忘れてくれ。君には気になる人がいて、二人きりになったことがあるのか？」

彼女は怖くなった。「プライバシーの侵害だわ、ラウル」

「そうか、そういう人がいるんだな」彼は動揺しているようだ。

「もし私が、この土地でキスしたことのある女の子がいるのってきいたら、あなたはどう思う？」

ラウルが身じろぎした。「答えが知りたいかい？それとも興味はない？」

フルリーヌは首を振った。「知りたくないわ。私には関係ないことだから」

「もしかしたら答えを知るのが怖いのかもしれないな。何度かキスしたことならある」

「もう帰るわね」フルリーヌは背を向けたものの、ラウルに腕をつかまれた。

「怖いのか？」

「やめて、ラウル。あなたは私になにを望んでいるの？」

彼が勢いよく息を吸った。「真実だ。それ以上でもそれ以下でもない。今、僕たちは本当に二人きりで、こんなことは人生で一度きりかもしれない。君がお父さんにおびえているのは知っているが、今は僕たちの声が聞こえるところにはいない」

「真実ってなんの？」フルリーヌはわけがわからなかった。なにかが間違っている気がする。

「僕が君を愛しているように、君も僕を愛していることだ！」小屋の中にラウルの声が響いた。「だから、お父さんにばれるのを覚悟でここへ来たんじゃないのか？僕にマナラを持ってきてくれたんじゃないのか?」

フルリーヌは息をのんでラウルから離れた。「たとえそうでも、あなたは私を愛してはいけないわ、ラウル。世界じゅうのどんな女の子ともつき合えるんだもの。中世に帰れとばかにされているデュモット家の娘に愛を告白するなんてだめ」

「自分をそんなふうに言うなよ、フルリーヌ」

「あなたは私の体にどういう血が流れているのか知らないのね、ラウル。父は十代のころ、カルト教団の仲間たちと一緒に修道院に火をつけた。そんなことをしたのは、あなたのお父さまの義理の兄グレゴワールの命を奪いたかったから。父は家族でスイスからラ・ランサニューズに移り住み、あなたの家に雇われて働きはじめるまでカトリック教徒を憎むよう教えられていたの。だから、私たち一家はカトリックの教会には行けないのよ」

「そうなんだろうと思っていた」

「父はどうかしていて、あなたのお母さまと結婚したあなたのお父さまを誰よりも憎んでいるの」

ラウルが近づいてきた。黒い瞳が光る。「どういうことだ?」

「父はデルフィーヌ・ロンフルールを自分のものにしようとしたけど、彼女はあなたのお父さまを愛して結婚した。母が話してくれたの。母は父を恐れているわ。もし家を出ていったり、父の秘密を話したりしたら、家族全員を殺すと脅されているから。最近は私のことを厳しく監視しているの」

「だから僕といるとき、あんなに慎重だったんだね」ラウルが小声で言った。

「私に近づく人はあなただけ。だけど、あなたは父が憎んでいる人の息子だわ。ひょっとしたら、あなた自身も父の憎しみの対象かもしれない。今のうちに安全なパリへ逃げて。私たちが二人きりでいるところを父に見られるわけにはいかない。私はあなたにふさわしくない女なのよ、ラウル」

「そんなことを言わないでくれ、フルリーヌ」ラウルが手を伸ばしてフルリーヌを強く抱きしめた。彼女はなんとか逃れようとしたけれど、ラウルの力は強く、あきらめて震えながら身を任せた。「僕はずっと君を愛していたし、君も同じ気持ちなのを心で感じてきた。僕の思いを伝えるために、キスさせてほしい。ほかのことはあとで考えよう」

フルリーヌは信じられなかった。ラウルは本当に私を愛しているの？

「今は旅立つ前にできるだけ一緒にいたい。君のお父さんのことを考えたら、今後、手紙や電話で連絡を取るのはむずかしいから」彼が頭を低くした。まずフルリーヌの唇のそばにそっとキスをし、次に唇にキスをする。彼女もラウルに同じことをし、ゆっくりと二人の情熱は燃えあがっていった。

キスがより深く、より長くなった。フルリーヌはラウルの首に腕をまわしてしがみつき、抱きしめられてキスをされているという初めての経験を心から楽しんでいた。このままずっとこうしていられたらいいのに。

「愛してるよ、フルリーヌ。そうでなかったときなど思い出せない……」

「私もあなたなしでは生きていけないわ」彼女は何度も何度も唇を押しあてた。

「君にはなんでも隠さずに話してきたが、一つ秘密にしていたことがある。将来の計画を立てたんだ。僕がクリスマスにラ・ランサニューズへ帰ってきたら、君はその前の日に十八歳になっているだろう？事前に準備はすませておくから二人で逃げ出して、パリの教会で結婚式をあげよう。お父さんが知るころには全部手遅れになっているはずだ」

「ああ、ラウル。そんなこと、あなたのお父さまが絶対に許さないわ」

ラウルがフルリーヌの顔にキスの雨を降らせた。「心配しなくてもいい。父は十代で母と結婚したんだから、反対はしないよ。二人でパリのアパルトマンに住もう。君は学校でいちばん賢いから、大学に行けばいい。そして卒業後は、僕が父の会社で働いて家を買う。お父さんとは離れて、ずっと夢見てきた人生を送ろう」

「信じられない……」フルリーヌは急に衝動に駆られて彼にキスを返した。

そのとき突然、干し草小屋の扉が開いた。昼下がりの光の中に、背が高くがっちりとした父親が立っている。ひげを生やした顔は赤く染まり、猟銃でラウルを狙っていた。「娘から手を離せ。さもなくばこの場で撃ち殺す」

フルリーヌはラウルから離れた。どうして父は私がここにいるのを知っていたの？「私たちはなにも悪いことをしていないわ！」恐怖のあまり叫ぶ。「私はただ、彼に別れを告げたくて……」

父親がライフルを操作する音がした。「トラックに乗れ、フルール」

「彼を傷つけないで！」彼女はまた叫んだ。

「俺の言うとおりにしろ。もし今度一緒にいるところを見つけたら、二人とも死んでもらうからな。よくも恥をかかせやがって」

父親が本気だと気づいたフルリーヌは、小屋を出てトラックへ走った。ラウルがなにかされたらどうしようと心配で、吐き気を覚える。彼女が震えながらトラックに乗りこんだとき、反対側から父親が現れた。そしてライフルを頭の後ろにある棚に置いた。

振り返ると、ラウルが小屋の入口に立っているのが見えた。

ああ、神さま……彼は無事だったんだわ。

1

十年後の八月下旬
フランス、パリ

ラウルはカウセル社へ入っていった。王宮を改築した建物の大理石の階段を二階まで上がって、最高経営責任者《CEO》のオフィスのドアをノックする。

企業帝国の新しいトップが顔を上げた。「ラウルじゃないか」

「やあ、パスカル」

「メールを読んでくれてよかった。来てくれてありがとう。仕事でパリにいるのは知っていたから、完璧なタイミングだ。君の意見を聞かせてほしくてね」

「僕も古巣に立ちよってみたかったんだ。君にも会えるし」ラウルはオフィスへ足を踏み入れた。いとこと抱き合って、デスクのそばにある椅子に腰かける。「奥さんのジャネールと家族はどうしている？」

「これ以上ないくらいに元気だ」

「ブレイズ叔父さんは？」

「まだ大学で教えていて、本もたくさん書いている。ルイ伯父さんのようすはどうだい？」

「心臓が悪いのに、まだがんばっているんだ。奇跡だよ」

「すごいな。そういえばジャン・ルイは軍を除隊になったあと、帰国して結婚したんだってね」

ラウルはうなずいた。「まあね。ジャン・ルイとニコラは奥さんをもらったことがうれしくてたまらないんだ。父さんもジャン・ルイが帰ってきて、少しは元気になったよ」

パスカルがほほえんだ。「よかった」

「父さんから、君は会社の経営者としてすばらしい仕事をしているという伝言を預かってきたんだ。僕もそう思っている。君がいてくれて、父さんは本当に喜んでいるよ」

「そう言ってもらえるのはありがたいが、まだまだこれからだ。君とニコラの跡を継ぐのはとてつもない挑戦だった。共同CEOのジョルジュがいなければできなかったよ」

「ジョルジュの法の知識は貴重だからね。父さんはいつも彼を右腕として頼りにしていた。お願いだからCEOを続けると言ってくれ」ラウルは昔からいとこが好きだった。兄弟を除けば、パスカルだけが心を許せる相手だった。

「答えはわかっているだろう。僕はこの仕事が大好きだよ」

「わかるよ。だが、そう聞いて安心した。さて、なにが知りたい?」

「まず、君がどうしているのか知りたい。わかるだろう? マドモアゼル・モルネーとはどうなっているんだ? 君に夢中だと聞いているが」

ラウルはパスカルを見つめた。「本当に?」

「ああ」

「僕もそうなりたいよ」

昨夜、リゼット・モルネーからはパリを離れないでと懇願された。カウセル社のパルファム部門の新しいマーケティング顧問は、ラウルが仕事でパリへ来たときに食事をともにする程度では満足しなかった。彼女はもっと多くのことを望んでいた。ラウルは相手に興味はあったものの、心は動かなかった。ラウルだから、パスカルを助けるためにもう一日パリに滞在するとは知らせなかった。

つき合ってきた女性は何人もいるが、関係を突きつめたいと思ったことは一度もない。兄弟と同じく結婚したいとは思っている。しかしどんなに多くの女性と時間を過ごしても、生涯の誓いを立てる気にはならなかった。

「何年たっても問題は変わらないんだな」

「お手上げだよ、パスカル」ラウルは十年前、フルリーヌの父親ギャルベル・デュモットに脅されたことを誰にも話していなかった。しかしパスカルや兄弟は、ラウルが幼いころからフルリーヌを愛しているのを知っていた。それでも、新たな理想の女性が現れるまであきらめるなと励ましていた。

「いつかは見つかるさ、ラウル。まだ若いんだから、これからが本番だよ」

十八歳のときは真実の愛を見つけたと思い、必死に追いかけた。しかし、結果は悲惨だった。僕の人生で唯一の愛――この世でもっともやさしく天使のようだった少女は、銃を突きつけられて連れ去られてしまった。それ以来彼女には会えず、ラウルは兄弟とパリに向かうしかなかった。

一カ月後、叔父のレーモンからフルリーヌの行方は知らされた。彼女はスイスに移住し、父親の友人の息子と結婚したらしい。知らせを聞いて、ラウルは絶句した。

この十年、彼はリゼットのような女性と何人もつき合ってきたが、彼女たちは俗っぽくて欲が深く、かつて愛した女の子とは対極にあった。フルリーヌにはほかの女性にはない魅力があった。だから十年前の干し草小屋での恐ろしい出来事以来、愛は意味を失っていた。

「パスカル、そう言ってくれてありがたいよ。だが、僕のことはこのくらいにしておこう」

「いや、だめだ。話をそらさないでくれ。ジャネールと僕はあきらめていない。妻が君にぴったりな女性に出会ったんだ。今夜、夕食をとりに来ないか？彼女も来るから断らないでほしい」

ラウルはパスカルを見つめた。「君はいいやつだな」いとこの申し出なら断れない。「喜んで行くよ。

さて、会社の状況を教えてくれ」

パスカルが身を乗り出した。「ジョルジュと僕は八区の〈レヨニー・テック〉を買収する計画を立てている。しかし最近、そこのチーフエンジニアが亡くなって空席ができたため、応募者が殺到しているんだ。その中でもっとも優秀なのが、現在フィリップ・シャルボン率いる〈エール・テック〉のエンジニアだった。パリ・サクレー大学で修士号を取得したあと、五年間勤務していて、名前はローラ・ミレーだ。彼女の経歴は立派だが、チーフエンジニアになるには少なくとも十年の経験が必要だとジョルジュと僕は考えている。そこで〈レヨニー・テック〉のCEOであるジュール・ヴォージアとローラの最終面接に同席できれば、彼女が適任かどうかがわかると思う。その面接に君にも立ち会ってもらいたいんだ。この問題が解決しない限り会社の買収は行えないから、君の直感を信じている」

「喜んで引き受けるよ」

「すばらしいな《メルヴェイユ》！　CEOとの面接は五時に会議室で行われる。そこに参加したあと、夕食のときに評価を聞かせてくれ」パスカルが思わせぶりに続けた。「もしかしたらジャネールが連れてくる女性に、唯一結婚していないカウセル家の億万長者の三つ子が興味を持つかもしれない」

「冗談はそこまでだ《トゥ・ディ》」ラウルは言った。

「僕は真剣なんだぞ、ラウル。メディアも女性たちも君を知らなすぎる。毎月のようにデート写真を撮られていてもね。だがジャネールは、君が彼女を絶対に気に入ると断言していた。僕も彼女はほかの女性とは違うと思っている。一度会えば、君がずっとさがしていた生涯をともにできる伴侶かどうかわかるはずだよ。相手の容姿については、自分で判断してくれ」

ラウルは苦笑した。「まったく君は僕をたきつけるのがうまいな。これから宮殿《パレ》に戻る。また夕食のときに。それじゃ」

パスカルの目はきらきらしていた。「今夜は君の人生が変わる夜になる予感がするんだ」

ラウルは立ちあがった。女性と有意義な関係を築けるとは思っていなかったが、パスカルと過ごして気分は明るくなっていた。彼は会社を出て、一ブロック先にあるカウセル家のパリ滞在時の家――パレへ徒歩で向かった。ここも元王宮を改築した建物で、三つ子が学生時代に暮らしていた場所だった。

現在パレは帰還兵のための宿泊施設となり、職業訓練を受けながら無料で住めるようになっている。十二室のうち二室は家族用だが、残りの十室で三つ子の弟ジャン・ルイは自分の夢をかなえていた。

兄弟は二人とも、僕が手に入れられなかった生涯の伴侶との充実した幸せを手に入れた。そのことは本当にうれしい。だが心の底に、二人がうらやましくてたまらない気持ちがないと言ったら嘘《うそ》になる。


フルリーヌ・デュモットは〈エール・テック〉で仕事をしながら腕時計を何度も確認していた。五時になったら〈レヨニー・テック〉で最終面接がある。一時間後には、その会社のCEOジュール・ヴォージアともう一度会う予定だった。

上司がポール・ロティという新しいエンジニアを雇うまでは、フルリーヌは〈エール・テック〉で働くのがとても楽しかった。しかし頭がよく魅力的なポールは、出社初日から彼女とつき合いたいと言ってきた。一度は食事に出かけたが、恋愛に発展するとは思えず、次のデートは断った。しかし彼はフルリーヌに拒否される意味がわからず、それ以来いろいろ面倒が起こるようになった。

困ったことに、ポールはフルリーヌになにかとつきまとった。彼女が〝仕事仲間でいたい〟と言っても、〝恋に落ちたんだ、チャンスが欲しい〟と食いさがられた。ポールに〝ほかに好きな男がいるのか?〟ときかれたとき、〝そんな人はいない〟と答えたせいで、彼は自分が断られたのが納得できなかったに違いない。

それでもポールの一方的な気持ちを考えると、一緒に仕事をするのは耐えられなかった。彼はいつも始業時間前と終業時間後にフルリーヌに話しかけてきた。そのせいで仕事に集中できなかったけれど、上司に訴えてポールを困らせたくはなかった。

フルリーヌが愛した唯一の男性は、十年前に父親から銃を突きつけられて追い払われた。小屋での恐ろしい出来事以降、ラウル・カウセルに会ったことはない。同じ夜、父親は娘をスイスにある姉の家に連れていき、自由を制限した。しかし四カ月後に十八歳になると、フルリーヌは父親の友人の息子と結婚させられる前にそこから逃げ出した。

それ以来、フルリーヌは一生懸命に勉強し働いてきた。何人かの男性とデートもしてみたけれど、真剣に交際したい相手には出会えなかった。そして友人のデリーヌと話し合った結果、ポールをあきらめさせるために転職することを決めた。

そのあとはインターネットでいろいろなソフトウエア会社の求人を見た。その中で〈レヨニー・テック〉のチーフエンジニアの募集に目を奪われたのは、ここが業界でも最高の会社として有名だったからだ。チーフエンジニアになったこともなく、経験年数も少ないフルリーヌが応募するのは無謀な試みだった。しかし実績が評価されて、面接を受けることはできた。あとは最終面接でいい印象を与えられれば、チャンスをつかめる。

〈レヨニー・テック〉はすばらしい会社という評判

だし、給料も高い。もしもっと経験のある人がいいと言われたら、パリを離れることになってもほかの会社の面接を受けよう。

フルリーヌは四時半に会社を出て、車で〈レヨニー・テック〉へ向かった。五時五分前に建物に入ると、以前会ったガブリエルという受付係が出迎えてくれた。「マドモアゼル・ミレー、時間どおりですね。ムッシュー・ヴォージアはすぐにまいりますので、会議室へどうぞ」彼女がデスクから立ちあがった。「もう一人の面接官はすでに待機しています」

十年前、フルリーヌは父親に見つからないために、名前をローラ・ミレーに改名した。それにカウセル社はパリにあってラウルも訪れるはずだから、出生時の名前でないほうが都合がよかった。「最終面接にCEO以外の方がいるとは知りませんでした」

ガブリエルが歩きながら振り向いた。「カウセル社を代表して、ラウル・カウセルが立ち会います。彼らは当社の買収を考えているので、ムッシュー・ヴォージアに頼まれて同席するとのことです」

ラウル？　私のラウルが？

会議室にいるの？

彼の名前を聞いたショックのあまり、フルリーヌは足がもつれて転んでしまった。

「まあ！」ガブリエルが驚いた。「大丈夫ですか？」手を貸して彼女が立ちあがるのを手伝う。

フルリーヌは頭の中が真っ白だった。「ごめんなさい、ガブリエル。おろしたてのハイヒールをはいてきたのに、前をちゃんと向いていなかったみたいで。膝を痛めてしまったわ」彼女は嘘をつき、逃げる口実をさがした。「ムッシュー・ヴォージアには申し訳ないと伝えてください。あとで電話します。入口まで案内してもらえるでしょうか？　病院で診てもらいたいんです」

「もちろんです。肩をお貸ししますね。こんなことになって本当に残念です、マドモアゼル」

「私もです」フルリーヌは足を引きずる演技をして、ガブリエルとともに駐車場の自分の車まで行った。

「ご親切にありがとうございました」

「とんでもない」

「いくら感謝してもしきれません」

受付係の姿が見えなくなると、フルリーヌは車のエンジンをかけて自分の会社に戻った。ラウルがあの会議室にいたと知って、心の底から怖かった。

ラウルは知らないけれど、十年前の干し草小屋での恐ろしい出来事のあと、父親はフルリーヌを自分の姉の家に監禁し、同じカルト宗教を信じる男を雇って二十四時間態勢でラウルを監視させていた。おまけに、フルリーヌとラウルが一緒にいるところを見つけたら殺すと脅していた。

フルリーヌがスイスに連れていかれる前、母親はそのことをひそかに手紙に書いて娘に渡した。そして、父親の気持ちは一生変わらないと警告した。十代のころから常軌を逸していた人だから、フルリーヌとラウルが会っていたら本当に二人とも殺そうとするはずだ、と。

十年間、母親の警告を肝に銘じていたフルリーヌは冷や汗がとまらなかった。今ごろ〈レヨニー・テック〉の外では私に会おうとするラウルを捕まえようと、父親か父親に雇われた男が待ちかまえているかもしれない。父親から守りたくてラウルを避けていたのに、どうしてこんなことになったの？

きっとラウルはローラ・ミレーの正体を知らなかったのだ。十年前、私は名前も姿も変えて彼の前から姿を消したのだから。そうでなければおかしい。

自身のオフィスへ入り、ヴォージアの直通番号にかけると秘書が出たので、最終面接に行けなかったことを謝った。痛めた膝は手術が必要になると説明し、面接の機会を与えてくれたことに感謝を述べる。

電話を切ったフルリーヌは、両手に顔をうずめた。震えがとまらない。ラウルはローラ・ミレーの正体を知ってしまった？　そんなことがありえる？　十年間、一度もばれなかったのに……。

ドアをノックする音がした。「ローラ？」

彼女は飛びあがった。声の主はポールで、ほっとする。「なに？」

「君がオフィスに入るのが見えたんだ。ちょっといいかな？」

「今は無理なの。ごめんなさい」

「もうすぐ終業時間だ。夕食を一緒にとりながらゆっくり話をしたいんだが」

「ポール、前に話したでしょう？　あなたとは友達でいたいの。二度と誘わないで」

「気持ちは変わらないのかい？」

「ええ、残念ながら」

もうどこかへ行って。お願い。今はつらすぎるの。

ラウルが大変な目にあってしまう。

それからしばらくの間、フルリーヌは取り組んでいた仕事を再開しようとしたものの、恐怖のあまり集中できなかった。あきらめて、〈サマリテーヌ〉で経理として働いているデリーヌにかけようと携帯電話を手にする。

彼女と知り合ったのは一年前、その百貨店のソフトウェアの問題を解決したのがきっかけだった。二人は独身で年齢も近かったので、すぐに意気投合し、一緒に教会にも行く仲になった。ずっと禁じられていたことだったから、とてもいい気分だった。今夜、私のアパルトマンに来てくれるとデリーヌが言ってくれないかしら？　宅配の中国料理を食べながら話がしたい。

フルリーヌが携帯電話の画面をタップしようとしたとき、またドアがノックされた。「ローラ？」

またポール？　今度こそ彼女は本気で怒った。

「どうしたの?」

「僕が帰ろうとしたら、背が高くてたくましい男が会社に入ってきたんだ。僕は〝営業時間外なので、月曜日にもう一度来てください〟と言った。するとそいつは、〝ローラという女性と会う約束をしていたのですが、事故があったと聞きまして〟と言い出した。君がこのビルにいるかどうかを知りたがっていたよ。その強引な態度が気になって、こういうやつにはなにも言わないほうがいいと思った。それでそいつに待つように言って、君に警告するためにここに来たんだ。だが一分以内に階下《した》へ行かなければ、上がってくるような気がする」

驚いたフルリーヌは電話をかけるのをやめて立ちあがった。背が高くてたくましい男? 強引な態度? 父が私を見つけたとか? でも、どうして私が転んだのを知っているの? ラウルを尾行していたから? どういう事情があって私が勤める会社にやってきたのかしら?

「その人の名前をきいた?」

「いや。教えてくれるとは思えなかったから」

「ひげは生えていた?」

「いや」

もしかしたら父はついに娘を見つけて、自らパリにやってきたのかもしれない。だからラウルが待つあの会議室までついてきたあと、今は私をだますためにひげを剃《そ》ったに違いない。フルリーヌはそこまで考えて息をのみ、胸が苦しくなった。もしまた十代のころのような事態になったら、今度こそラウルは死んでしまう。

「ちょっと待ってて」彼女は携帯電話で警察にかけ、自分の会社で命にかかわる緊急事態が発生したと告げて切った。「早く中に入ってドアを閉めて!」

そのとおりにしてから、ポールがフルリーヌをまじまじと見つめた。「顔色が悪いぞ、ローラ。どうしたんだ？」

「さあ。でも、もし私の思っている展開になるなら、目撃者としてあなたにはこのオフィスにいてほしいの。警察を呼んだから、階下には行かないで。ここにいて、ドアの横の壁に体をぴったりとつけていてちょうだい。その人が上がってきて、中に入ってきても怪我《けが》をしないように」フルリーヌは父親の最初の標的になるつもりでいた。

「冗談を言ってるわけじゃないんだね？」

もちろんだ。父親は家に武器庫を持ち、射撃の名手だった。〈レヨニー・テック〉にいたラウルをすでに撃ってから、私のところまで来たに違いない。

ポールが壁に移動した。フルリーヌはデスクについたまま、警察が間に合いますようにと祈った。

2

ジュール・ヴォージアが〈レヨニー・テック〉の会議室に入ってきたのを見て、ラウルは立ちあがった。「ムッシュー・カウセル、最終面接に来てくれて本当にありがとう。このエンジニアは経験は浅いですが、適任だと思うんです。御社は当社の買収を考えておられるので、あなたの同席を歓迎します」

「当社のCEOから、パリにいるのだからと頼まれまして」

二人が話しはじめたとき、受付係が不安げな表情で会議室に現れた。「マドモアゼル・ミレーはここに来る途中で転んで膝を痛めたので、病院に向かいました。あとでお電話するとのことです、ムッシュー・ヴォージア」

「運転して大丈夫だったのかな？」ラウルはジュールに言った。「時間があるので近くの病院を調べて、ようすをきいてみます。のちほど連絡しますよ」

「ありがとう、ラウル。助かるよ」

これは厄介だぞと思いつつ、ラウルは〈レヨニー・テック〉をあとにした。パスカルは早く結論を聞きたいはずだ。しかし三十分後には、ミレーという女性がどの病院にもいないことを突きとめた。

気になったラウルは、車でミレーの会社へ向かった。もしかしたら〈エール・テック〉の誰かが知っているかもしれないし、彼女の電話番号を教えてくれるかもしれない。これもいとこのためだ。

〈エール・テック〉では三十代くらいの男に〝営業時間外なので、月曜日にもう一度来てください〟と言われた。その敵対的な態度には驚いた。

「マドモアゼル・ミレーと会う約束をしていたのですが、事故があったと聞きまして。あなたが忙しいなら、僕が彼女のオフィスへ行って確認しますが」会社のオフィス配置図によると、ローラ・ミレーのオフィスは二階だった。

首を横に振った男は、ラウルを妙に嫌っているようだった。「ちょっと待ってください。私はここのエンジニアの一人です。階上《うえ》に行って確認してきますよ」そしてエレベーターに乗りこんだ。

ところが数分待っても男は現れず、ラウルはなにかがおかしいと思った。もう待てないとエレベーターに乗ろうとしたとき、ビルの入口から武装した警官隊が突入してきて一瞬にして取り囲まれた。三人の警官がエレベーターで階上に向かい、二人はラウルのそばに残った。

そのうちの一人が彼に向き直った。「おまえは何者だ？　なぜここにいる？　営業時間外だぞ」

「僕はカウセル社のラウル・カウセルで、ここのエンジニアに会いに来ました。彼女が転んで五時に予定されていた〈レヨニー・テック〉の最終面接に間に合わなかったそうなので、ここにいるのか、大丈夫なのかを確認したかったんです。僕がこの場所に来たとき、ちょうど帰るところだった別のエンジニアと会ったので、もしいるならローラ・ミレーと話がしたいと伝えました。彼は彼女がいるかどうか確認するために階上へ向かいましたが、下りてはこなかった。正直なところ、あなた方が来てくれてよかったと思っています」

警官がうなずいた。「しばらくここで待っていろ」

夜間警備員がやってきて正面玄関に鍵をかける間、警官は誰かに無線で連絡していた。

数分後、階上へ向かった警官がふたたび姿を現した。先頭の警官がラウルを一瞥《いちべつ》する。「事態は収拾しました。どうぞ二階へ行ってください、ムッシュー・カウセル」

そう言うと、警官たちは建物を出ていった。エレベーターから先ほどのエンジニアが出てきたが、なんとなく動揺しているようだ。ラウルに怒りの視線を投げ、警備員の前を通り過ぎて帰っていった。

警察の次は僕が調査する番だ。彼は二階に上がり、廊下を歩いてローラ・ミレーのオフィスへ向かった。開け放たれたドアの先には、女性がデスクのパソコンに向かって座っていた。ダークブロンドのゆるくウエーブしたボブが魅力的な女性だ。

ラウルはドアをノックして、自分の存在を知らせた。彼女が頭を上げると、顔がはっきり見えた。彼はなにを期待していたのかわからず、一瞬頭の中が真っ白になった。目の前には、これまでの人生で会った中でもっとも美しい女性がいた。

部屋へ足を踏み入れたとき、彼女からは甘い花のような香りがした。すばらしい卵形の顔と高い頬骨が印象的で、着ているのはネイビーのジャケットと開襟の白いブラウス。肌はクリーム色で、魅惑的な唇にはピンクの口紅がぬられている。

信じられないことに、女性はある人にそっくりだった。十七歳だった美しい少女に……。息もうまくできなかったが、ラウルはさらに近づいた。

濃いまつげに縁取られたやさしい菫《すみれ》色の瞳が、驚きとしか言いようのない感情を浮かべて見つめ返してくる。ラベンダー色のアイシャドウが瞳の色によく合っていて、彼は十年前に戻った気がして声をもらした。そんなはずはない。だが彼女は――。

「フルリーヌ……」

「あ……あなただとは思わなくて」声が震えていた。

彼女は絶世の美女に成長していた。

ラウルは呼吸をするのも忘れていた。「目を疑うような美しさだ。今日の午後、面接に来たのはローラ・ミレーじゃなく、君だったのか。いや、名前を変えたんだな」

「そうなの」フルリーヌの顔は青ざめていた。「最後にあなたと会ってから、いろいろあって。ローラ・ミレーがフルリーヌだと知らなくても、あなたはここに来てはいけなかった」

その言葉に、ラウルはとまどった。それでもまた近づく。「〈レヨニー・テック〉の受付係は、面接を受ける前に君が転んだと言った。膝には手術が必要だと聞いたが、君は病院には行かなかったようだね。僕はジュール・ヴォージアに代わってローラ・ミレーが無事かどうか、確認するために来たんだ。まさか、フルリーヌ、君がいるとは思いもよらなかった」

「そう聞いて安心したわ」彼女がデスクの端をつかんだ。「でも、これ以上ここにいないで。すぐに出ていって。さあ！」顔色はさらに悪くなっている。

「待ってくれ」ラウルはうなじをさすって言われたことを理解しようとした。「どういうことなんだい?」

「父がいるからよ！　父はあなたをずっと監視しているの。少し前にポールが、男性が私に会いに来たと言いに来たわ。その人は終業時間だと言っても気にもせず、強引な感じで、それに名前をきいても教えてくれなさそうだったって」

「彼は僕を一瞬で嫌いになったらしいな」

「ポールは気むずかしいところがあるから。その人にひげが生えていたかどうかきいたら、彼は生えていなかったと答えたけど、相手を信用できないと思っているのが伝わってきたの。だから気が動転して、父があの小屋でしたようにオフィスへ飛びこんでくるんじゃないかと思った。ひげを剃《そ》ってね。父が私を見つけたと想像したら、心臓がとまりそうだったわ。それでポールには一緒にいてもらって警察を呼んで、殺人を未然に防ごうとしたの」

ラウルはショックを受け、デスクに拳を押しつけた。「なに一つ筋が通らない」彼女が話したことも、新しい名前も、なにもかもだ。「お父さんが僕をずっと監視しているとは、どういう意味だ？」

フルリーヌが頬に流れる涙をぬぐった。「私は十年前に父の支配から逃げ出したの。あの恐ろしい夜、父がスイスにいる自分の姉のところへ私を連れていく前に、母はお金と私の出生証明書と手紙を冬用のコートの裏地に縫いつけておいてくれた。母によると、あなたの一挙手一投足を監視するために父は人を雇っているそうよ。それに何年たっても生きている限り、父は私たちが一緒にいるところを見たら二人とも殺すつもりでいるって」

「なんだって？」

「スイスへ行って四カ月後、私は伯母の家から逃げ出した。その日はクリスマスで、母がプレゼントの中にまた手紙を隠していた。あなたのお父さまは長年、酪農場で働く父のために高い給料を払っていたんですって。だからこの十年、二十四時間あなたを監視する人を雇えたんだと思うわ」

「信じられない」ラウルは驚いた。

「母がこんな嘘《うそ》をつくわけがないわ。母をばかにしないで。父はずっと、私とあなたが再会するに違いないと思っていたのよ。ポールが階下《した》で話をしたのがあなただとわかって、どれだけほっとしたか。警察には、過去に年配の男性から危険な目にあわされたと伝えたの」

「僕はそのポールから、君が危険な目にあわされていないかと心配しはじめているんだが」

「まさか、そんなことはないわ。警察の人から、会社に来た人はカウセル社のラウル・カウセルで、面接の前に私が転んだと知って会いに来ただけだと聞いて、私は〝どんでもない勘違いをしました〟と言ったわ。〝恐れていた相手は六十代で、おそらく白髪でひげを生やしているでしょうから〟と。勘違いで通報したことを謝ったら、彼らは帰っていった。あなたを巻きこんでしまって本当にごめんなさい」

「ごめんなさいだって？」ラウルはわけがわからず、頭が爆発しそうだった。しかしふたたびフルリーヌに会えたのがうれしすぎて、ほかのことは考えられなかった。

「父がまだ私を見つけてないのはわかったけど、あなたが危険にさらされているのは変わらないわ。父がどういう人かはわかっているでしょう？　決して見くびってはだめ。だから、今すぐここから逃げて。来た道を戻って、二度と近づかないで。そうすれば、父に雇われた男もなにも疑わないわ」

フルリーヌの目や声に表れている恐怖は本物で、ラウルはとりあえず信じるしかなかった。だからこそ、彼女は警察に電話したのだ。それ以上の証拠が必要だろうか？　彼は携帯電話を取り出した。「君の電話番号を教えてくれ。早く」

「いいえ」フルリーヌが首を振って両腕を広げた。「終わりにしましょう。私たちは一度も会っていない。わかった？」

「だが、会ったじゃないか！」ラウルは反論した。「教えてくれないなら、どこにも行かない」

「お願いよ、ラウル」美しい菫色の瞳が懇願した。「あなたには無事でいてほしいの」

「僕もそのつもりだ。君の携帯の番号を知るすべはあるが、僕は君から教えてほしい」

弱々しいため息をついて、彼女が言った。「わかったわ」電話番号を伝える。「さあ、行って！」

ラウルはフルリーヌに自分の電話番号を知らせるメッセージを送り、携帯電話をポケットに戻した。

「もし君が僕の電話に出なかったら、誰かが君のそばにいるということだな」

「脅しはたくさんよ、ラウル。自分のために早く帰って。父は絶対にあきらめたりしない。どれだけ時間がたっても私と一緒にいるあなたを見つけたら、絶対に殺そうとするはずだわ」

フルリーヌの不安が伝わってきて、ラウルは心配になった。「君はいつこの会社を出るんだ？」

「すぐにでもそうするつもりよ。裏口から出て自分の車に乗るわ」

「裏口に警備員はいるのか？」

「ええ。私なら大丈夫」

もしギャルベルが雇った男が僕を監視しているのだとしたら、今はフルリーヌとは別行動を取ったほうがいい。僕がここに長居するのは危険だ。「今夜、電話する」

ラウルは急いで彼女のオフィスを出ると、エレベーターではなく階段を使って一階へ向かった。夜間警備員が玄関のドアを開けてくれたので駐車場から自分の車まで急ぎ、あとを追う者がいないか目を光らせる。その途中パレに電話をかけると、瞬時に応答があった。

「よかった。君か、ギイ」パレの警備員である彼はジャン・ルイに頼まれ、帰還兵のための宿泊施設の責任者となっていた。

「ラウル！　どうしたんですか《サ・ヴァ》？」

「僕もよくわからないんだが、何者かにつけられているようなんだ。今、シルバーのレクサスでパレに向かっていて、五分以内に着くと思う」

「私はなにをしましょう？」

「正面と横にいる警備員に声をかけてくれないか？　僕が到着したら、尾行する者か車をとめて監視している者がいないか確認してもらってほしい。不審な点があったら、車とナンバープレートを撮っておいてくれとも。今夜、防犯カメラの映像をチェックして、なにか見つからないかさがすから」

　ギイが口笛を吹いた。「わかりました」

　ラウルは電話を切った。人生のどん底で奇跡が起こったのかもしれない。まるで幻のように、フルリーヌはいきなり成長した姿で現れた。しかも今でもとてもやさしく、息をのむほど美しい。

　彼女は二十八歳ではなく、二十代前半に見えた。十八世紀の人が着ていたような白いワンピースに身を包んだ気弱な少女から、〈エール・テック〉の洗練された女性エンジニアに変身した姿には驚くばかりだ。しかも人妻で子供もいるはずなのに、一度も男性経験がないかのようだった。結婚指輪もしていなかった。夫と一緒にスイスからパリへ引っ越したのはいつだろう？　それについては噂《うわさ》すら聞いたことがなかった。この点も納得できない。

　ジュールに電話をしたラウルは、マドモアゼル・ミレーの膝は治りそうだが、今すぐの面接はむずかしいと伝えた。それからパスカルにも連絡し、個人的な用事ができたから、申し訳ないが夕食には行けない、と告げる。そして面接が行われなかったことと、その理由を説明し、また今度会おうと言って通話を終えた。

ラウルはハンドルを握る手に力をこめた。今夜じゅうに答えを見つけなければ、頭がどうかなりそうだった。

ラウルが〈エール・テック〉を出てから十分後、フルリーヌは裏口から緑色のプジョーに乗って会社をあとにした。今回ばかりはポールもいなくてほっとする。ラウルと再会したせいで運転に集中できず、事故を起こさずにガレージに車を入れられたことが奇跡に思えた。人の多い場所でなくてよかった。

五年前、六区にある大きな家に住む裕福な老夫婦が部屋を借りてくれる人をさがしていたとき、フルリーヌは大学で修士号を取得したばかりだった。しかも〈エール・テック〉に採用されて、高給をもらえていた。あとは住居があればよかった。

相談した不動産会社は老夫婦が所有する物件を紹介してくれた。夫婦の家の一室か、ガレージの上に造られた寝室が二つある家具つきのアパルトマンのどちらがいいかときかれ、フルリーヌは後者を選んだ。別の建物に住んでいても家主はすぐ近くにいるし、父親に見つかる恐れもなさそうだ。そこまで考えて、ラウルのことがふたたび心配になった。

夜に電話すると言っていたラウルをとめる方法はない。ポールの言うとおりだった。激しい炎のような感情を宿したラウルの黒い瞳には誰も逆らえない。力強い長身にカウセル家の息子らしく高価な濃紺のスーツをまとっていたら、どんな男性でも威圧されてしまうはずだ。

笑顔がすてきな海賊みたいだった十八歳の青年は、息をのむほどすばらしい二十九歳の大人の男性に成長していた。ラウルは昔からとても見事なウエーブのかかった黒髪の持ち主で、三つ子の兄弟と一緒にめだっていた。彼のカリスマ性や男性美は言葉では表現できない。

フルリーヌは車から降りると、アパルトマンへの階段を駆けあがった。昼食を食べ損ねたから、なにか胃におさめれば震えがとまるかもしれない。ガウンに着替え、裸足《はだし》でキッチンに急いで、手早くコーヒーとトーストを用意する。テーブルで熱いコーヒーを飲んでいたとき、携帯電話が鳴った。

発信者番号を見たらラウルだった。出なければならないけれど、今日彼に再会した動揺はおさまっていなかった。もう一度ラウルの声を聞くためならなんでもすると、今まで何千回思ったか。

おぼつかない手を携帯電話に伸ばし、〝応答する〟をタップする。「もしもし?」

「フルリーヌかい?」

「ええ」ラウルの声が聞こえてきても、まだ現実だとは信じられなかった。

「出てくれてありがとう」低い声が言った。「どこにいるんだ?」

心臓が口から飛び出しそうだ。「家よ」

「君の夫はさっきのことを知っているのか?」

フルリーヌは電話を落としそうになった。「今、なんて言ったの?」

「とぼけなくてもいい。君が十年前に結婚してスイスに住んでいることは、カウセル家の地所に暮らす誰もが知っている。だが、パリにいるという話を聞いたことがないのはなぜだろう?」

彼女は信じられないというようにうめき声をもらした。「ラウル、私は結婚なんてしていないわ。まだ独身なの。母によれば、その嘘は父がついたものだそうよ。私が両親のもとにいない理由として、酪農場で広めたんですって」

「なんだって?」

フルリーヌは携帯電話を強く握りしめた。「十年前の悪夢の日、父は私をあなたから引き離したあと、家に連れて帰って荷物をまとめるよう命じたの。母は私を手伝って、コートを持っていくよう勧めた。その裏地には母がこっそり貯《た》めていたたくさんのお金と、私の出生証明書、そして手紙が縫いつけられていたわ。母はクリスマスにも手紙を誕生日プレゼントに隠して送るから、と言ってくれたの」

「すばらしいお母さんだな、フルリーヌ」

「ええ。その日の夜、父は私をスイスにある伯母の家まで連れていった。私が十八歳になったらすぐに、同じカルト信者の息子と結婚させるつもりでね。私は四カ月間、伯母の囚人として暮らさなければならなかったわ。けれどクリスマスイブに十八歳という法的に独立できる年齢になると、翌日に逃げ出したの」

ラウルが苦しげな声をあげた。「フルリーヌ――」

「もう少し聞いて。クリスマスの夜、近所の人が話をしに伯母の家にやってきたとき、私は二階の窓から氷の張った屋根の上にのぼって、雪でいっぱいの荷車に飛びおりた。ワンピースとコートと靴という格好でね。あたりに誰もいなくなると、捕まりませんようにと祈って走り出した。もし捕まったら、その瞬間死ねますようにとも祈ってた」

「信じられない話だな」

「本当にね!」フルリーヌは感情的になった。「母が送ってくれた誕生日プレゼントは帽子で、その縁の内側に手紙とお金が忍ばせてあった。手紙には父は私やあなたを追いかけるのをやめないだろうから、逃げつづけて家には二度と戻らないでと書いてあったわ。父はあなたがどこへ行こうがなにをしようが、ずっと監視していたそうなの。そのことは怖かったけど、お金と出生証明書のおかげで自由になれたのはありがたかった」

母はまた〝男の人に頼ってはいけない〟というア

ドバイスもしてくれた。たいていの女性はそうして悲しむはめになるからと。フルリーヌはもう自分以外の人に頼るつもりはなかった。ラウルには言えないけれど、生きていくにはそれしか方法がない。

「どうしたんだ?」彼の声は震えていて、フルリーヌは心を揺さぶられた。

「四カ月の間に立てていた計画どおり、私はパスポートを手に入れ、パリ行きの列車に乗ったわ。駅の案内所の人に安い宿泊施設はどこかときいて、違う名前で宿泊した。翌日はブラウスとスカートと靴を買って、仕事をさがしたの」

「驚いたな」

「今では私もそう思うわ。それであなたにマナラをほめられたのを思い出して、宿泊施設のそばのブーランジェリーで働きはじめた。店主にマナラが作れると言ったら、作ってみてとチャンスをもらえたの。チョコチップの装飾を気に入ってくれて、仕事が決まったのよ」

ラウルが大きく息を吸った。「君は本当にすごいな」

「いいえ、ただ必死だっただけだわ。店にはいろいろな人が出入りしていたから、新しい出生証明書を作ってくれる人を知らないかきいてみたの」

「見返りになにを要求された?」ラウルの声には激しい怒りがこもっていて、フルリーヌは震えあがった。

「口どめ料も含めて、最初の月の給料を渡したわ」

「彼は受け取ったのか」

「ええ。でもどうでもいいわ。おかげで、ローラ・ミレーという出生証明書を手に入れたもの。これで父が私を見つけることはできない気がした。やがて母から教わったパンを全種類作らせてもらえるようになると、給料がすごく上がったわ。その店では秋まで働いた。お金が貯まったあとは、ソフトウェア・エンジニアになるために大学に通いはじめたの。卒業してからは新しい住まいを見つけて、五年間〈エール・テック〉で働いてきたわけ」

「なんと言っていいのか、わからないよ」

「話しすぎよね。ごめんなさい――」

「いや」ラウルがさえぎった。「これは電話でする話じゃないと思っただけだ。直接会って話がしたい」

「いけないわ」

「断る前に、いい考えがあるから聞いてくれ。今、僕はパレに泊まっている。最近のパレは帰還兵の宿泊施設として使われていて、さまざまな職業訓練も行われているんだ。で、どうするかというと――」

「待って――」

「フルリーヌ、最後まで聞いてほしい。僕たちは何年も前からある塗装会社を使っていて、現在もスイートルームの一つで作業してもらっている。明日になったらそこの会社の女性従業員二人に、〈アドルフ塗装工業〉と車体に書かれた小さなバンで君のアパルトマンへ行ってもらうよ。従業員の一人が君に、会社の作業服を着せてくれるはずだ。君は変装して、運転手と一緒にバンで出発する。アパルトマンに残った女性は、十分ほどたってから出ていく。パレに着いたら、僕のスイートルームへ来てくれ。玄関広間にいるギイという警備員が、僕のスイートルーム専用のエレベーターまで案内してくれると思う。僕を監視している者がいたとしても、君だとはわからないに違いない。君の住所は？」

「やめてちょうだい、ラウル。危険すぎるわ」

「それなら、別の方法で君の住所を手に入れることにするよ。明日の朝八時にアパルトマンのドアを開けるつもりでいてくれ。では、パレで待っている」

「待って、電話を切らないで！」フルリーヌは叫んだ。「どうしてもと言うなら、住所を教えるわ」彼女はラウルにアパルトマンの場所を伝えた。「私は家主の家の隣にあるガレージの上に住んでいるの。ガレージの扉は開けておくわ。バンで入ってきたら扉を閉めて、私の部屋へ上がってきてもらえば、誰にも知られずにすむと思う」

「完璧だ」

「一つだけ聞いて」フルリーヌは深呼吸をした。「父を甘く見ないほうがいいわ。あの人はものすごい恨みを持って私をさがしているの。自分の姉のところから逃げ出すなんて、娘には二度も裏切られたと思っているのよ。友人の息子の妻にすると約束していたのに、私が従わずに逃げたせいで、怒りがますますふくれあがっているの。父は決してあなたも私も許さないし、恨みも忘れないはずだわ」

「それは僕も同じだ、フルリーヌ。絶対にね」

3

ひと晩じゅう寝返りを打っていたせいで、土曜日の朝はなかなかやってこなかった。ギャルベル・デュモットにいいように翻弄されていると思うと、ラウルは腹立たしかった。

フルリーヌが結婚したという嘘《うそ》を広めたのは、ギャルベルの作戦だった。僕にフルリーヌをさがさせないための大嘘を、誰も疑わなかったとは。なんという邪悪な男だろう。

シャワーを浴びてひげを剃《そ》り、ラウルは十代のころに愛用していたジーンズとTシャツを身につけた。フルリーヌを待つ間に厨房《ちゆうぼう》からコーヒーを持ってきて飲む。しかし九時十分を過ぎるとしびれを切らし、階下へ行こうと専用エレベーターへ向かった。

次の瞬間、その専用エレベーターの扉が開き、身長百七十センチのフルリーヌが変装をした姿で現れて、ラウルは心臓が口から飛び出しそうになった。野球帽をかぶっていてもオーバーオールを身につけていても、彼女のまぶしい菫《すみれ》色の瞳と美貌は隠せなかった。

「来てくれてありがとう、フルリーヌ。勇気を出して行動してくれたことも」二人の視線がぶつかった。

「僕はまだ君がずっとパリにいて、しかも結婚していなかったという事実を理解している最中なんだ」

彼は手を拳にした。「そうとわかっていれば……」

「しかたないわ。父は怪物だもの、ラウル。父のひどい嘘は思ったとおりの効果があったのよ。あなたのお父さまは父が愛した女性を奪った。私とあなたを引き裂いたのはそのお返しよ。父は残酷にも私たちをばらばらにし、母やきょうだいを人質にしておく完璧な方法を見つけたんだわ。母の手紙にはもしほかの誰かが知るようなことがあったら、父は母もきょうだいも殺すつもりだと書いてあったの」

「脅しは成功したわけだ」ラウルは奥歯を噛《か》みしめた。「しかし、君のお母さんが手紙を書いてくれたおかげで助かった。君と僕はまだ生きていて、ふたたび一緒にいる。せめて、そのことだけは喜ぼう。さあ、僕の部屋へどうぞ。そのすてきな変装を解いてあげようじゃないか」

フルリーヌが緊張をゆるめ、ラウルが大好きなほほえみを浮かべた。ラウルのあとを追って居間へ入り、野球帽を取って美しい髪を下ろすと、次にオーバーオールを脱いですばらしいスタイルをあらわにする。

ラウルは帽子とオーバーオールを手に取って椅子に置いた。それにしても、フルリーヌが白いワンピース以外の服を着ているのが信じられない。今日はおしゃれな黄褐色のプリーツパンツに、半袖で水色のクルーネックのトップスを合わせている。彼はフルリーヌを見つめた。「十年前に戻った気分だよ」

「本当にそうなのかも」フルリーヌは遠い目をしていた。

「この十年間、君はスイスで、父親がカルト教団から選んだ頭のおかしい男と暮らしていると思っていた。ギャルベルがお母さんにするようなことを、君もされているんじゃないかと想像していたんだ」

フルリーヌが震えあがった。「父の仲間が私を永遠にとらえてしまう前に、逃げ出せる手助けをしてくれた母には感謝しているわ」

「そうだな」ラウルが低い声で言った。「君は気持ちが少し不安定になっているみたいだ、フルリーヌ。ソファに座ってくれ。コーヒーと食べ物を持ってくるよ」

彼女がソファの端に腰を下ろした。

「砂糖《ドゥ・シュクレ》は？ クリーム《デ・ラ・クレム》は？」

「両方お願い。ありがとう」

ラウルは急いで厨房へ行き、マグカップとクロワッサンと果物の皿を持って戻った。すべてをコーヒーテーブルの上に並べると、フルリーヌはマグカップに手を伸ばし、熱いコーヒーをひと口飲んだ。

「ああ、おいしい」

フルリーヌの向かいの椅子に座り、ラウルは自分もコーヒーを飲んだ。「クロワッサンも気に入ってくれると思うが、僕はそれよりも……」君を食べてしまいたい。「君が作ったマナラが食べられるなら、どんなことでもするのにな。本当においしかったから」

干し草小屋で自分が作ったマナラを食べさせたときのことを思い出したのか、彼女が口角を上げた。ソファに背中をあずけ、脚を優雅に組んでリラックスしているようすだ。「新聞やテレビであなたの写真を見たわ。ご兄弟の結婚のニュースは、フランスじゅうの新聞やタブロイド紙の一面を飾っていた。いつかあなたの結婚も発表されるんじゃないかと、ずっと思っていたの。実は結婚しているけど、記者はまだ知らないだけ？　言わないから教えて」

ラウルは意表をつかれた。冗談をまじえてはっきりとものを言うフルリーヌは、彼が愛した傷つきやすい少女とはあまりにも違っていた。しかし、十七歳のフルリーヌはテレビや新聞を目にすることを許されていなかった。

逃げ出すまでの彼女は孤立した世界にいたのだ。だが自由になってからは現代社会の中で生き、優秀なエンジニアになった。その変わりようには驚きを隠せない。僕は過去にとらわれすぎているのだろう。

「まだ君と同じで僕も独身だよ、フルリーヌ。だがこの十年パリに住んでいながら、君が結婚していないなんて理解できないな。ゆうべ会ったポールというエンジニアは、君をとても大切にしている感じだったから、特別な人なんだろうと思っていたんだ」

二人がつき合っているなら、ポールのあの妙な態度も説明がつく。

フルリーヌが首を横に振った。「彼は最近入社してきた人なの。それ以上の関係じゃないわ」

きっぱりした答えにラウルはほっとしたが、彼女はなにかを隠しているようだった。なんでも打ち明けてくれた、僕が愛していた十代の少女はもういないらしい。雰囲気が全然違う。「君の父親が君を干し草小屋から連れ出したあと、いったいなにがあったんだ？」

フルリーヌが深呼吸をした。「あのとき私はトラックの反対側にいたからわからなかったと思うけど、吐きそうだったわ。やっとの思いで乗りこんだときは、死んでいるみたいな気分だった」

「僕も同じだ。あのときも、そのあとの十年も」

「わかるわ。あなたのことも聞かせて」また二人の視線が交錯した。「あなたはあの日のあと、パリに行ったの？」

ラウルはうなずいた。「兄弟と一緒にね。飛行機でパリへ来て、このパレで暮らした。ここは当時からずっと僕の部屋だったんだ。僕とニコラがビジネススクールを卒業すると、父は僕たちに会社の事業の一部を任せた」

フルリーヌがクロワッサンに手を伸ばした。「ジャン・ルイはどうしたの？」

「あいつはラ・ランサニューズを出ていきたがらなかった」

「放課後、いつもガレージでなにかしていた彼を覚えているわ」

「ああ。ジャン・ルイはパリで勉強するのがいやで、二、三週間で学校をやめてしまったんだ。そして、いつの間にか偽名で軍隊に入っていた。僕たちが探偵を雇って今年の六月に見つけ出すまで、ずっと行方がわからなかったよ」

フルリーヌが目を見開いた。「十年間も姿を消したままだったの？」

「あいつが違う人生を望んでいたからね。三つ子の弟と君を一カ月以内に立て続けに失って、僕は大きなショックを受けた。いろいろあったあと、ジャン・ルイは今、ラ・ランサニューズに戻ってきて結婚しているんだ。ニュースで知っているだろうが、ニコラもね。二人とも長年の夢の実現のために動いていて、僕と同じく地所内に住んでいる。父が引退を余儀なくされて、すべてが変わったんだ」

「お父さまは引退なさったの？　知らなかったわ」

「父は心臓病なんだが、引退するとは正式に発表していない。いとこのパスカルと共同最高経営責任者《CEO》のジョルジュがカウセル社の舵《かじ》を取っていると、世間は知らないんだ。ここでフルリーヌ、君の出番となる」

「どういうこと？」

「彼らには〈レヨニー・テック〉を買収する計画があるんだ。だからCEOのジュール・ヴォージアに頼まれて、僕は君の最終面接に同席するつもりだった。会社を買収する前にジュールが雇おうとしているエンジニアについて意見を求められていたから」

フルリーヌが目を輝かせた。「ああ、そういうことだったのね。私の経験不足が問題だったんでしょう？　なぜあなたがあそこにいたのか、やっとわかった。まさか、私が名前を変えたフルール・デュモットだったとは思いもしなかったのね」

フルリーヌ、君は本当にあのフルリーヌなのか？

顔を合わせているだけで最高の喜びを覚えていても、彼女がときおり見せる新しい一面にはなじめずに、ラウルは悩んだ。「運命が僕たち二人を引き合わせてくれたんじゃないかな」

「いいえ、私たちは決して会ってはいけなかった」フルリーヌの声は驚くほど淡々としていた。「受付係があなたの名前を口にして、会議室で待っていると言われたときは、どれほど恐ろしかったか」

「そんなわけは――」

「あなたの名前を聞いた瞬間、私は足がもつれて転んでしまったわ。そして、会わないですむように口実をさがした。あなたは監視されているから、一緒にいるところを見られたら大惨事になるもの」

ラウルは息を吸い、フルリーヌの新たな一面を理解しようとした。父親を恐れる部分は納得できたが、現実的で冷静で達観した態度は彼の心を射どめた愛情深い繊細な少女のものとは思えない。「ジュールも僕も、話を聞いたときは驚いたよ」

「あなたに会わずに逃げ出してしまったけど、ムッシュー・ヴォージアの貴重な時間を奪ったことは申し訳なく思っているわ」

もしラウルに分別がなかったら、フルリーヌの体は別の女性に乗っ取られていると思ったかもしれない。幼なじみの彼女にしては僕に対する態度がそっけなさすぎる。「気にする必要はないよ」

「いいえ、私は気になるの」彼女が言い張った。

ラウルはコーヒーを飲みほした。「ジュールには電話で、君が無事だったと知らせてある」

「ありがとう、ラウル。あなたっていつでも完璧な紳士なのね。でも、ムッシュー・ヴォージアとの面接のチャンスはなくなってしまったわ」

なんだって？　彼女にとってはそんなに大事なことだったのか？　ラウルの胸は締めつけられた。

「いや、君が望むなら僕が説明して、あらためて面接してもらえるようにする。君のためになるならなんでもするよ」

しかしフルリーヌは首を振って、さらに彼を苦しめた。「やさしいのね。だけど、そんなことは考えていないわ、ラウル。実は、気が変わったの」

なんだって？

「教えて。あなたの叔父さまのレーモンはまだ地所の管理をされているの？」

ここで話題を変えるとは、フルリーヌ、君はいったいどうしたんだ？

「叔父は四カ月前に亡くなった」

「まあ、そうだったの。変なことをきいてごめんなさい。じゃあ、今は誰が管理しているの？」

ラウルはうなじをさすった。「僕だ」

フルリーヌがマグカップを置いた。「あなたはあの地所の責任者を務めながら、パリで仕事もしているの？」

「必要に応じてね。父が引退を決めたとき、僕にそうするよう言ったんだ」

「ということは、私の父がどこにいて、なにをしているのか知ってるの？　私はなにも知らないの」

彼女がギャルベルを恐れているのはわかる。だが、かつて二人の間にあった愛情に関心があるふうにはとても見えない。「いろいろ知っている」

フルリーヌが飛びあがった。「父は母やきょうだいをスイスに引っ越しさせた？　なんでもいいから母がどうしているか知ってる？　家を出てから連絡の取りようがなくて、つらくてたまらないの」

君は僕のことで悩んではいなかったのか？

悪夢のような想像に、ラウルはますます胸が苦しくなった。「落ち着いてくれ。君の家族は全員、地所内にある君が生まれた家で暮らしている」

「よかった！」彼女が声をあげた。

「話はしないが、たまに見かけるよ。お母さんもエマもマルティも元気そうだ」

「そう聞いてうれしいけど、父は？」

ラウルは、自分の答えがいやがられると直感しながら立ちあがった。「家族と一緒に住んで、まだ酪農場で働いている」

「ひどい！」悲痛な叫び声が部屋に響いた。

フルリーヌの顔は青ざめ、頬には涙が流れていた。昔の彼女が一瞬だけ顔をのぞかせたかのようだった。

「信じられない。なぜ父が私たちにしたことをお父さまに話さなかったの？　そうすれば地所から追い払ってもらえたかもしれないのに」

ラウルには彼女の苦悩が理解できた。「僕も君にききたいんだが、パリに着いたとき、なぜ自分への仕打ちを警察に言わなかったんだ？」

「母がひそかに私の逃亡計画を立てたとき、人には話さないでと言っていたからよ。母の命が心配で逆らえなかったの」

彼の胸がふたたび締めつけられた。「僕の答えも同じだよ。誰かが傷つけられるかもしれないと思うと恐ろしくて、ギャルベルのしたことを打ち明ける勇気がなかった。彼が僕を嫌っているのは知っていた。もし父がライフルで僕たちを脅した件で訴えていたら、大変な惨事になったかもしれない」

フルリーヌがうめき声をあげた。「でも今はあなたが地所の管理をしているなら、あんな目にあわせた父をどうして残しているの？」

「考えてくれ、フルリーヌ。ギャルベルは修道院に放火し、人の命を奪った男だ。彼とその仲間がしたことが明るみになれば、君の家族どころかフランスじゅうに影響が及ぶ場合もありうる」

彼女がおびえた顔になった。「そうね。父は卑劣な犯罪者で、あなたを監視するために人を雇っている。それでも、こんなことは私たち全員のためにも終わらせなくちゃ！」

「一つだけわかってほしいことがある、フルリーヌ。僕が地所を任されているのは、父がそう決めたからにすぎない。ギャルベルは仕事はきちんとこなし、略農業にも精通している。もしくびにするなら、父に理由を伝えなければならないだろう。だが修道士たちの死を含めたすべての真実を知ったら、父の心臓はとまってしまうかもしれない。そうなるのは避けたいんだ」

フルリーヌが自分の体に腕をまわした。「当然だわ」声は震えていた。「でも忘れないで。私たちが一緒にいるところを見たら、父は殺そうとするわ」

「見方を変えよう。まだなにも悪いことは起こっていない。しかも、お母さんは一度も警察に相談したことがない。お母さんが通報していればギャルベルは投獄されていただろうが、実現はしなかった。お母さんは彼と暮らし、子供たちを守りながら、悲惨な状況の中でも懸命に生きている。君を逃がしたのも、憎い僕が君を愛しているのをギャルベルが知ったからじゃないかな」

フルリーヌはショックを受けたようだ。「そうね、母は私に自由を与え、あなたが殺されないようにしてくれた。まさに聖人だと思わない？　そんな人があの怪物とまだ一緒に暮らしているなんて耐えられないわ。妹と弟もかわいそう。きっと父におびえているはず。一生、父に支配されて生きなければいけないなんて間違っている。あなたやあなたのご家族にしたこともひどいわ、ラウル！」

フルリーヌは今にも心が壊れそうだ。ラウルはなぐさめたいという気持ちを抑えられず、泣きじゃくるフルリーヌを引きよせた。数分間、彼女が泣きやむまで涙に濡《ぬ》れた頬に何度もキスをする。

「そろそろギャルベルの暴挙をとめよう。真実を知っている僕たちなら、すべてを変えられる。今から始めるんだ」

「いいえ、ラウル。あなたとはなにもしないわ」驚くほど強い力でフルリーヌが彼の腕を振りほどき、二人の間に距離を置いた。「私は父から逃げ出したせいで、あなたの命を危険にさらした。カウセル家の一員として、あなたは非道に対して断固として立ち向かうつもりなのでしょうね。でもそんなことをしたら、私たち二人は命を失うかもしれない。そうなるのがいやなの」

フルリーヌがオーバーオールを身につけ、髪をまとめて野球帽をかぶった。「まだ帰らないでほしい。僕たちの話をまだしていないじゃないか」彼女にキスをして引きとめたくてたまらない。

「〝私たち〟の話なんてないわ、ラウル！　どうしてわからないの？　父がどこにいてなにをしているのか、私たち二人は知っている。なのになにもできなくて、人生が悪い状況になっているの。すべてが十年前と同じなのよ。あなたも私も十八歳と十七歳だったころみたいに、まだ父にいいようにされている。それでも奇跡的に生きてはいられているから、ずっとこのままでいたいの」

「フルリーヌ――」

「話は終わりよ。あのころ言ったことは子供だったから、で片づけましょう。あなたはニュースのとおりの人に戻って。男性は憧れずにいられず、女性は恋せずにいられない人に！　あなたがそういう人生を謳歌《おうか》している間、私はエンジニアとして働きつづけるわ。大好きな仕事だから。ここへ一緒にやってきた塗装会社の人に家へ送ってもらったら、二度とあなたとかかわりは持たない」

くるりと向きを変え、フルリーヌがエレベーターへ急いでも、ラウルは引きとめなかった。今の彼女は気が動転している。きっとショックを受けているのだ。彼も同じだった。今まで知らなかった情報を十年分、一度に聞いたのでは無理もない。

しかし、うれしい情報もあった。フルリーヌは結婚していなかったし、真実を知ってよかった部分もあった。ギャルベルにはもう僕たちが一緒になるのをとめることはできない。今にわかるだろう。

エレベーターの扉が閉まるころには、二人が一緒にいられるためにギャルベルをどうするか、ラウルは頭の中で計画を練っていた。二、三週間後には実行に移せるはずだ。僕は二度とフルリーヌを手放さない。どこに行けば会えるのか、今はわかっている。

三週間後の月曜日の朝、フルリーヌはCEOのオフィスの開いているドアをノックした。

「おはようございます《ボンジュール》、フィリップ」

「ああ、ローラ、よかった。入ってくれ」

〈レヨニー・テック〉の面接に行ったことを知られているのではないかと心配しながら、フルリーヌは中に入った。けれど、呼び出されたのは説明のために違いない。警察が話を聞いていたとき、ポールは私のオフィスにいたから、ふられた腹いせに聞いたことを全部ボスに話したのだろう。フィリップはおそらく私を解雇するつもりだ。

そうなったら頼りになるのは自分の能力と学歴だけになる。もし〈エール・テック〉の仕事を失ったら、新しい働き口を見つけよう。フィリップはとてもすばらしい雇用主だったから、ポールさえいなければ転職を考えたりしなかった。

フルリーヌはフィリップのデスクの前に座った。

「出社したら警備員のブリュノから、あなたがさがしていると言われました。ここに来る途中で交通事故を目撃したので、警察に協力していたんです。それで遅くなりました」

「誰か怪我《けが》をしたのかな?」

「いいえ、ありがたいことに」

「そうだね。君の口から警察という言葉が出てくるとは奇遇だ」

ああ、やっぱり。彼は三週間前の出来事を知っている。

フィリップがほほえんだ。「週末にニースの警察署長との電話会議があったんだ。彼は以前、パリの警視総監と話をしたらしい。その中に昨年、警視庁のコンピューターシステムの重大な問題を解決した君の仕事ぶりの話題もあったそうだ。警視総監は高く評価していたようだったよ」

どういうこと?「よくわからないんですが」

「署長は建物の移転後にコンピューターシステムに問題が発生した場合、君に解決してもらえないかと相談してきた。彼の見積もりでは、一週間はかかるんじゃないかとのことだ」

待って、なにかの聞き間違いでは? フィリップは私を解雇するつもりがないの? ということは、ポールはなにも言っていないに違いない。彼はまだ私を手に入れる希望を捨てていないらしい。つき合うなんてありえないのに。

「つまり、私はニースに派遣されるのですか?」

CEOがうなずいた。「無理にとは言わない。彼らは専門家を必要としていたから、それなら君以上の人材はいないと推薦しただけだ。なにか問題があるのかな？」

「まさか、そんなことはありません。ただ……驚いてしまって」フルリーヌは唖然《あぜん》とするあまり、言葉がうまく出てこなかった。十七歳まではラ・ランサニューズから出たことがなかった。そのあとはスイスに四カ月ほど滞在し、そこから今まではパリで過ごしてきた。旅行の経験はもちろん、飛行機にも乗ったことはない。

「今回の仕事は君と我が社が評価された証《あかし》なんだよ。特別手当も出る。スケジュールはどうなっているんだい？」

フルリーヌには落ち着いて頭の中を整理する時間が必要だった。「明日にはゲラン研究所の仕事が終わる予定です」

「それなら署長には、君が水曜日の便で行くと伝えてもいいかな？　飛行機代とホテル代は向こうが負担してくれるらしい」

「わかりました。話を聞いてわくわくしています。ぜひ行かせてください」三週間前に宮殿《パレ》を出たときから、フルリーヌは一人で生きていく決意を固めていた。ラウルは遠い過去の人であり、私のものになることはありえない。母もそう言っていた。

「明日までに秘書から詳細を知らせるよ」

「ありがとうございます、フィリップ」

椅子から立ちあがったフルリーヌは、予想外の展開に少し呆然《ぼうぜん》としながらCEOのオフィスをあとにした。これ以上ないほどのタイミングで絶好の仕事に出合えるなんて。

ポールから一週間離れられるのは思いがけない幸運だ。もし帰ってからもつきまとわれるなら、今度こそ転職しよう。

ラウルのことはまた別問題だ。私は十年前に彼を失った痛みをこれからもかかえて生きていかなければならない。二人の関係が絶望的なのは最初からわかっていた。あれからなにも変わっていない。なぜなら、父の問題はどれ一つとして解決していないからだ。ギャルベル・デュモットという怪物はずっと私とラウルを追いかけるし、母やきょうだいにとっても危険な存在でありつづけている。

幸い、ラウルは最後に私が言った言葉を聞き入れたらしい。パレのラウルの部屋をあとにしてから、音沙汰はいっさいない。

十年たって、二人とも成長し変わったのだ。やっぱり、二人は愛し合ってなんかいなかった。昔はともかく、今は違う。この十年、二人は別々の道を歩んできた。ラウルはラウルの運命に従い、私は私の運命に従ってきた。

完全に真実とは言えないけれど。

私はラウルを愛するのをやめたことはなかったし、これからもやめるつもりはない。彼はいつでも私の心のよりどころだった。だからこそ、二人とも無事でいるために離れていなければならないのだ。

ラウルは結婚していないけれど、ビジネス界では重要人物と言われている。ニュースでは多くの美女と一緒にいる姿が紹介されていて、彼の写真や記事を見るたびに胸が締めつけられた。

でも、私だってすばらしい仕事があって友人もいて、これからの人生に希望を抱いている。いつか特別な人だって現れるかもしれない。そんな日がくるとは想像もできないけれど。

南仏への旅は気分転換をするうってつけの機会となりそうだ。帰ってきたら、ポールとも向き合える気がする。もしそのときまたもめるなら、迷わず〈エール・テック〉を辞めてしまえばいい。

4

火曜日の夕方に仕事が終わったあと、フルリーヌはデリーヌに電話して映画には行けないと伝えた。荷造りをする時間が必要だったからだ。ニースの仕事から戻ったら電話すると話し、二人は数分おしゃべりをした。デリーヌは、友人が初めて飛行機に乗るのを喜んでいた。フルリーヌは電話を終えてからそのことに気づいた。

フィリップの秘書が立ててくれた計画に従い、水曜日の朝、フルリーヌはアプリコット色のスリーピースのスーツを着て、シャルル・ド・ゴール空港へタクシーで行った。ニースまでファーストクラスで行ったあとは警察官に迎えられ、ホテルまで送ってもらえるらしい。

期待はしていなかったものの、九月の青空の下、機体が高度を上げると緊張がほぐれた。母やきょうだいはこんな経験を一度もしていないのに、とは思ったけれど……。

機内にはカップルが多く、フルリーヌは強い孤独感を覚えた。目の前のカップルは新婚旅行に行くようだ。自分のハネムーンはどんな感じかしら？　ほかの誰でもなく、ラウルとのハネムーンは。

十年前、ラウールと一緒に干し草小屋で過ごしたときは、純粋な喜びとかなわない将来の結婚の約束を経験しただけだった。もしかしたらいつか別のすてきな人が現れるかもしれないけれど、今は想像もできない。この世にラウルは一人しかいないから。もし現れなかったら、母の助言に従おう。たくさんの女性たちが男性なしでも幸せになっている、という助言に。

アルプス山脈の先には美しい海と椰子《やし》の木が生い茂る街が広がっていて、フルリーヌは驚いた。飛行機が滑走路に着陸して停止すると、ほかの乗客と一緒に外に出る。すると二人の警察官が近づいてきて、男らしい関心をもって彼女を見つめた。「〈エール・テック〉のマドモアゼル・ミレーですか？」彼女はうなずいた。「私たちはベルナール巡査とトレンブレー巡査です。あなたを出迎えてカーニュ・シュル・メールまで案内するよう言われました」

「警察の方に出迎えられるとは聞いていましたが、働くのがニースでないとは聞いていませんでした」

「まずはカーニュ・シュル・メールへ行く必要があるのです。町はニースに近いところにあります」

「ああ、そうなんですね。ありがとうございます」

「あのヘリコプターのところまでついてきてください」

ヘリコプターは遠くにあり、フルリーヌはバッグをつかんだ。「車では行けないんですか？」

「あなたさえおいやでなければ、ヘリコプターのほうが速いですし、交通渋滞も避けられますから」

きちんと教育を受けた大人の女性なのに、フルリーヌは自分がばかみたいに思えた。「大丈夫です。ただ、一度も乗ったことがないので。巨大なジェット機とは乗り心地が全然違うのでしょう？」

「すごく気に入ると思いますよ」

「預けていたスーツケースはどうなるのですか？」

「ベルナール巡査がヘリコプターまで持ってきてくれます」

「ありがとうございます。翡翠《ひすい》色で、タグに私の名前が書いてありますから」

「わかりました。私と一緒に来てください」

一人が荷物を取りに行く間、フルリーヌはもう一人に続いて滑走路を横切り、白と青に輝くヘリコプターに向かった。中にいた男性がドアを開け、彼女に乗るよう促した。

「マドモアゼル・ミレー、あとはパイロットのイヴ・セルヴェインに任せます。彼女はヘリに乗るのが初めてだそうだよ、イヴ」

えっ？　フルリーヌは驚いてトレンブレー巡査のほうを振り返った。「あなたは来ないのですか？」

「問題ないなら、ベルナール巡査と私は別の要請に応えるつもりです。ベルナール巡査がここにあなたのスーツケースを持ってきたらすぐにでも。カーニュ・シュル・メールでまた会えますのでご安心ください」

「わかりました。案内してくださって感謝します」

「こちらこそ来てくれてありがとうございます」

警官が立ち去ると、彼女は機内に乗りこんだ。パイロットが言った。「後ろに座って、シートベルトを装着してください。怖がる必要はありません。短い飛行ですし、楽しんでいただけると思います」

「そうですね」まだ緊張している自分にいらだち、フルリーヌは平静を装った。何千人もの人が毎日同じことをしているのよ、と自分に言い聞かせる。

白く上品な内部は三人掛けの座席が計六人分あり、景色がよく見えるよう窓が大きかった。こんな贅沢《ぜいたく》は初めての経験だ。窓からはニースの街並みが見えた。丘陵地帯とビーチに挟まれた街は、想像以上に大きかった。

ほかのジェット機の着陸を眺めていたら、複数の男性の声が聞こえてきた。スーツケースを持った警官が来たのだろう。フルリーヌがまだ窓の外を眺めていると、ヘリコプターの扉が閉まった。驚いたことに警官は中へ入ってきて、彼女の向かいに座った。なぜトレンブレー巡査のところへ行かないのかしら？　不思議に思って、フルリーヌは警官を見た。

「ラウル！」叫び声をあげた彼女は、気を失いそうになった。

「落ち着いて、フルリーヌ。話を聞いてくれ。これは僕たちの絆《きずな》を取り戻すチャンスなんだ。無理強いするつもりはないが、ぜひとも受け入れてほしい。十年後、宮殿《パレ》で会っただけで全部が終わるとは思わないでもらいたいな」ラウルの低い声がフルリーヌの体の内側に響く。「実は仕事の話はないんだ」

彼女は息をのんだ。仕事の話がない？　私は名前で嘘《うそ》をついたけれど、今度はラウルが嘘をついたの？

「君のボスはなにも知らない」ラウルが説明した。「すばらしいことに、君は一週間まるまる休みになった。ニコラとジャン・ルイが仕事を肩代わりしてくれたから、僕も一週間の休暇が取れた」

フルリーヌはあることに気づいた。ヘリコプターの中で、私は平凡な男性と向かい合って座っているわけではない。目の前にいるのは底知れぬ富と人脈、そしてなんでもできる力を持つ、息をのむほど美しい黒髪の青年だ。彼はまだ自分がどれだけ危険か理解していない。恐ろしい代償を払うはめになるのに。

「あなたは尾行されているのよ。それに、私の母ときょうだいだってひどい目にあわされるかもしれないのに」

「今日までかかったのはそのせいなんだ。君がパレを出ていってから、彼らの身を保護した。本当だ。怖がらないでくれ、フルリーヌ。誰にもなにも起こらないんだ。僕が全員守るから信じてほしい」

フルリーヌはラウルを疑ったことはないけれど、恐怖のあまり理解するのがむずかしかった。

「せめて安心できる環境で、じっくり話をしてみないか？　どうするかは君しだいだ。今すぐパリに帰りたいなら、プライベートジェットで送るよ。だが別れる前に、今の状況を話し合わないか？　十年も離れていたから、それくらいの時間は必要だと思わないかな？　どうする？」

フルリーヌの答えは、〝ラウルの腕の中に身を投げ出したい〟だった。それができないなら、一緒に行くしかない。彼を愛し、信じているから。「すぐにすむなら、いいわ」

「ありがとう、フルリーヌ」ラウルがイヴに出発するよう言った。

ラウルとの再会にもヘリコプターの轟音《ごうおん》にもひどく驚いて、彼女は言葉が見つからず、またしても気絶しそうになった。

彼がシートベルトを締める間、フルリーヌはカジュアルな白いパンツと濃い緑色のポロシャツに身を包んだすてきな姿に見とれた。黒い瞳はフルリーヌの全身をくまなく観察していて、発火するほど全身が熱くなった。ヘリコプターが上昇し、肘掛けにしがみつく。

移動中にフルリーヌの正気は戻ってきて、恐怖心もよみがえった。その感情があふれそうになっても、ラウルの前では必死に冷静さを保った。

ラウルはフルリーヌの横顔を見つめて言った。「これからイタリアのイスキア島をめざす。まだ観光客であふれ返っていない、僕のお気に入りの海辺のリゾートなんだ。着いたら友人のヴィラに泊まる。新婚旅行で君を連れていくつもりだったが、その夢をじゃまするものがあったからしかたない。だが今日は、この旅をじゃまするものはなにもないよ」

フルリーヌは動揺のあまり声が出ないらしい。ラウルは愛する女性を見つめながら、彼女がずっと恐怖とともに生きてきたことを痛感した。ギャルベルのような父親のもとで育つのは大変だったはずだ。ラウルはラ・ランサニューズの教会でディディエ神父に、フルリーヌへの愛と、彼女とその家族が現在も耐えている苦しみについて話したことがあった。

ディディエ神父によると、ギャルベルもかつては善良な少年だったが、機能不全だった家族はカルト宗教を信じていたらしい。

僕がすべきはフルリーヌを愛情深く支え、彼女の信頼を得ることだ。

だからこそ、今回の計画を立てた。一緒にいる間に、全員の安全を確保するためになにをしたかをフルリーヌに話そう。いろいろわかれば、彼女も安心するに違いない。

午後三時、パイロットは緑と花に囲まれた石造りのヴィラの裏手にあるヘリパッドに機体を着陸させた。ラウルがスーツケースを持って降りるフルリーヌに手を貸すと、身なりのいい老夫婦が現れてイタリア語とフランス語で挨拶をした。

ラウルは二人を抱きしめたあとで彼女のほうを向いた。「フルリーヌ・デュモット、ジュネヴラとアロンゾ・ロマノを紹介するよ。僕の両親の昔からの親友で、僕も大好きな人たちなんだ」

私がラウルに会うのは最後にしようと決めたときから、彼はこんな計画を立てていたのだ。フルリーヌはまだ事態を理解しようとしながらラウルを見た。

「彼らはあなたのお母さまを知っているの？」

いきいきとした黒い瞳が彼女を見返した。「だから、何年も前からここで休暇を過ごすのが好きだった。母の話を聞きたくてね。ジュネヴラの言葉を聞いていると、母が生きているような気がする。彼女もアロンゾもとてもいい人なんだ」

「よくわかるわ」フルリーヌは老夫婦に向き直った。「ここはとても美しい場所ですね。花も、あの青く輝く地中海もすばらしいわ。海の近くには住んだことがないんです。お出迎えありがとうございます」

ジュネヴラが彼女の腕を取った。「ラウルはアロンゾと話があるから、部屋へ行ってさっぱりしてはどう？　彼に会うのは半年ぶりなの」

老婦人はフルリーヌを、浴室とテラスがあるすてきなスイートルームへ案内した。メイドが運んできたらしく、スーツケースがダブルベッドのそばに置かれていた。

「ラウルと一緒に、のんびりと好きなことをしてね。デルフィーヌとルイの子供たちと会えるのはいつも楽しみなの。長年ラウルは悲しそうな顔をしていたけど、今日はその悲しみが少し薄れていたわ。それに当然ね」茶色の瞳を輝かせながら、ジュネヴラがフルリーヌの頬にキスをした。

年上の女性の言葉はフルリーヌの心に深く響いた。ラウルが悲しそうだったのは、私のことを考え、私と同じくらい会いたいと思ってくれていたから？でも、いつも美しい女性と腕を組んで写真に撮られている彼を信じるのは愚かかもしれない。

「あの三つ子がお母さんそっくりだって知ってる？デルフィーヌは黒髪の美人で、おおぜいの男性が彼女に夢中だった。だけど、彼女の目にはハンサムなルイしか映っていなかったの」

フルリーヌはその話を母から聞いて知っていた。デルフィーヌ・ロンフルールはルイ・カウセルを虜《とりこ》にする一方で、無意識のうちにフルリーヌの父も魅了していた。そのことは今、考えたくなかった。

「三つ子たちは幼いころから想像を絶する美少年だったわ。デルフィーヌがあの子たちを産んで亡くなって、どれだけ悲しかったか。これで彼らがハンサムすぎる理由がわかったでしょう？」

「ええ」フルリーヌはうなずいた。「私はカウセル家の地所内で育ったので、ラウルもほかの兄弟も幼いころから知っているんです。十代のラウルはさっそうとした海賊みたいだと思っていました」

ジュネヴラがやさしくほほえんだ。「そうだったわね。それにあなたはデルフィーヌと同じくらい、地所内でも評判の美しい女性だったはず。だから、ラウルはあなたをここに連れてきたし、忘れられなかったんだわ」

「カウセル家の人たちとはどういう出会いがあって親しくなったんですか？」

「アロンゾと私は、ルイとデルフィーヌが結婚してここイスキアで休暇を過ごしていたときに知り合ったの。私たちも結婚したばかりで、四人ともまだ十代後半だったわ。二人とは釣りに出かけた先で出会って、話をするようになったのよ。夫はルイと同じく父親から受け継いだ会社を経営していたから、二人には共通点が多くて、それからずっと親しい間柄でね。デルフィーヌと私もとても似たところがあって、あっという間に仲よくなったわ。私たちは三人の子供をそれぞれ同じ時期に妊娠し、私は女の子二人と男の子を一人、彼女は女の子を三人産んだ。デルフィーヌはそれから三つ子の男の子を産んで亡くなったの」老婦人の目に涙が浮かんだ。「出産前、彼女は言っていたわ。三つ子たちには苦労してきた父親の仕事を手伝ってほしいって」


フルリーヌも目をうるませた。「亡くなられたのが本当に残念です」

「ルイにとってもとてもつらい出来事だったわ。でも彼は立派に立ち直り、六人の子供を一人で育てるという重い責任を果たした。それにフランスじゅうの何千人もの人々が、長年にわたって彼の指導力と寛大な心に救われてきた。本当に聖人だわ。最近、私たちは彼に会いに行ったのよ。あんなに心臓が悪くて生きているのは奇跡だと思った」


三週間前まで、フルリーヌはルイ・カウセルのことをなにも知らなかった。ジュネヴラの話を聞いて、ラウルとパレで会った日の自分のふるまいを恥じざるをえなかった。父が私とラウルにしたことをルイが知らなかったのは、ラウルが自分の父を苦しみから守りたかったからだったのだ。

それに、ラウルをパリのビジネススクールへ行かせたことで、ルイを恨んでいたのも恥ずかしい。当時は息子たちに厳しすぎるルイが、ラウルを奪ったと思っていた。でも、十七歳の私は未熟で身勝手だっただけだった。

ラウルは理性的で賢い男性だ。なのに、私が結婚していると信じていた。だから、私とその家族の安全のためにさがさなかった。彼こそ本物の英雄だ。私はそんなラウルに憧れていたけれど、二人が愛を誓い合った日にはもう戻れない。

フルリーヌはジュネヴラの腕に手を置いた。「お話を聞かせてくれて感謝します。疑問は解決しましたし、教えてくれた内容にはお礼の言いようもありません。あなた方とカウセル夫妻が親しくなったのも当然だと思います。ラウルはここに来ると母親を身近に感じると言っていました。あなた方が天使のような人だからなんでしょうね」

フルリーヌが年上の女性の頬にキスをしようと身を乗り出したとき、ラウルが寝室に入ってきた。

「二人とも、問題はないかい？」

ジュネヴラの顔に笑みがこぼれた。「あなたが訪ねてきてくれたんだもの、なにもかも完璧よ。あなたの部屋は二階に用意してあるわ。じゃあ、私は夫をさがしてくるわね。言ってくれればいつでも夕食にするから」老婦人はラウルの頬にキスをして出ていった。

突然、フルリーヌはラウルと二人きりで、しかも寝室にいるのに気づいた。過去に何度、こういう場面を夢見たか。でもこれは想像ではなく、十年後の現実だ。今の二人は他人も同然で、決してお互いに運命の相手ではない。

昔、母が手紙に書いていたように。

〈あなたとラウルは別々の世界に生まれたの。だから、そこから抜け出して一緒にはなれない。女性は

男性がいなくても幸せになれるし、成功できることを忘れないで〉

たとえ父がいなかったとしても、ラウルへの思いに未来はなかったのだ。

今の私は二十八歳のキャリアウーマンで、もう十代のころのような夢見がちな女の子ではない。素直に考えれば、私がラウルみたいな男性とつき合えるわけがない。二人は同じ世界の人間ではないからだ。水と油はまじらないということわざがあるけれど、まさにそのとおり。ラウルがよりによってエンジニアなんかと結婚するはずがない。彼の妻になれるなんて考えはばかげている。

「ジュネヴラってすてきな人ね、ラウル。あなたが大好きみたい」

「それはお互いさまだな。僕の目からは、彼女がすっかり夢中なのは君のほうに見える」

「彼女には温かく歓迎されているけど、私には私の現実があるわ。仕事があると思って来たのに、こんなことになるなんて――」

「僕がしたことは迷惑だった？」

フルリーヌはラウルをじっと見た。「あなたに再会して、元気でいるとわかって感激しているわ。でも、大好きな仕事に戻りたいの」

彼の目の奥でなにかが揺らいだ。「着心地のいい服に着替えたらどうかな、フルリーヌ？　そうしたらテラスで好きなだけ話そう。急がなくてもいい」

彼女はラウルの横を通り過ぎて浴室に入り、身だしなみを整えた。ラウルは、自分が私の父に勝てると信じている。でも、精神を病んだ父が彼をつけ狙うのをやめるとは思えない。

ジュネヴラが言ったように、三つ子は母親そっくりだ。だから父はラウルを見るたびに、ルイのせいで手に入れられなかった女性を思い出した。それなら最悪の結果を避けるために、なにをすればいいかわかっている。二度とラウルと一緒にいなければいいのだ。

もし私が〈レヨニー・テック〉に転職しようとしていなければ……。

私は知らず知らずのうちに運命の歯車を動かし、ラウルともう一度会ってしまった。カウセル家の力を使えば、彼が私を秘密裏にここへ連れてくるくらいたやすい。でも逆にこのイスキア島への旅を、私がラウルに本気で別れを告げる機会にすればいいのでは？

決心したフルリーヌは口紅をぬり直した。ラウルはこの世でもっとも魅力的な男性だ。けれど、私はいっときの楽しみにふけるわけにはいかない。大好きな仕事に戻りたい、とラウルに言ったのは本心だ。父親がまだ生きていて自由に動ける間は、なにが起こるかわからない。これまでラウルはずっと人生を謳歌《おうか》していた。新聞やテレビを見る限り、学生時代から楽しい独身生活を送っているようだ。

ラウルが考えていたという、このイスキア島への新婚旅行の話も忘れなくては。彼とは一緒になる運命ではないのだから、覚えていてもしかたない。

ラウルもいつかは、今どきの服に身を包んだフルリーヌに慣れるつもりではいた。しかし、彼女がピンクのトップスと黄褐色のカプリパンツでテラスに出てくると、不格好な白いワンピースをまとった彼女の姿を頭から追い払わなければならなかった。

フルリーヌがほほえんだ。「なぜそんなふうに見つめるの？」

「君がすばらしい女性だから」

「でも？」

「いやな記憶を呼び起こすことは言いたくない」

「白いワンピースの哀れな少女を私に重ねていたのね？」フルリーヌはラウルの心を読み取って尋ね、

中庭《パティオ》のテーブルを挟んで彼の向かいにある椅子に座った。「伯母の家を逃げ出してから、私は二十一世紀のフランスに生きているという事実を受け入れるには一年かかったわ。着ている新しい服を住みこみ先の鏡で見ては、不思議な気持ちになったものよ」

ラウルが頭を傾けた。「秘密を打ち明けるよ。君の顔と長い髪に、僕は初めて会った日から夢中だった。それに、あの白いワンピースでも君のすてきな体は隠れていなかった。むしろ僕はうっとりし、無理やりはかされているみたいな茶色の編み上げ靴も魅力的だと感じていたんだ。瞳を見たときは牧草地に咲く菫《すみれ》のようだと思ったし、なにもかもが際立っていた」

「知らなかったわ」

「もしいやな気持ちになったなら許してくれ、フルリーヌ。君がどれだけ美しかったか、そして今もそうだと知っておいてほしくて言ってしまった。トマとレミーが君につきまとったのも無理はない」

「私ってあの二人につきまとわれていたの？」

「彼らだけじゃなかった。学校じゅうの男の子が君とつき合いたがっていたが、ギャルベルが怖くてできなかったんだよ」

「でも、あなたは違った」

「助けがあったからね。地所の管理をしていた叔父のレーモンは、僕が君をどう思っているかを知って、放課後、北の牧草地で君を待っていればいいと教えてくれたんだ。その時間、ギャルベルはほかの農場を訪ねていたからね」

「あなたの叔父さまがそんなことを？」フルリーヌは驚くと同時に喜びを覚えた。

「だから、僕たちが会っていても大丈夫だったんだよ」

「あの日、干し草小屋で――」

「あの日の話はやめよう。今はここにいるんだから。

それより全員の身の安全のために、僕がなにをしたかを知ってもらいたいんだ」

　フルリーヌは前かがみになった。「父が生きている限り、私たちは決して一緒にいるところを見られてはいけないのよ」

「そこが間違いなんだ。僕はフランス最高の頭脳と今回の問題に取り組んでいる」

「うまくいきっこないわ、ラウル」

「君のオフィスを出た日、僕はパレの警備員に自分が尾行されていないか調べさせた。この三カ月間の防犯カメラの映像を調べたところ、四六時中、車で出入りしている男が一人いた。警察は車両ナンバーから、パリ在住の男を割り出したよ」

　彼女は静かに息をのんだ。「やっぱりね」

「これはまだ始まりにすぎない。君が変装して僕の部屋を出たあと、僕は計画を練るために二人の男と会った。ジョルジュはいとこのパスカルと共同最高経営責任者《CEO》を務めている人物だが、実は父の出世を支えた優秀な弁護士で、法律の裏も表も知りつくしている男だ。もう一人のクロード・ジローはフランスの前大統領の護衛をしていた男で、僕たちの依頼を受けてジャン・ルイを見つけた人物でもある。二人は警察や裁判所に協力を頼めるうえ、どんな分野にもつてがある。彼らのおかげで、僕はギャルベルを捕らえる策を講じた」

　フルリーヌは首を横に振った。「どうするの？」

「警察は、パリ在住の男とギャルベルの通話を盗聴する令状を取った」

　長い沈黙のあと、彼女は言った。「信じられない」

「すると、ギャルベルがその男と頻繁に連絡を取り合っていることがわかった。男は金をもらって僕を尾行していた。パリへ出かけるたびにあとをつけ、ギャルベルに報告していたんだ。名前はフランツ・ブルストというんだが、聞き覚えは？」

「あるわ。スイス出身で、十代のころから父とよく一緒にいたみたい。地所の酪農場でも働いていて、母は彼が嫌いだった」

「ブルストはギャルベルに命じられてパリへ移ったらしい。そしてカウセル・チーズを売りながら、パリにいる間の僕の一挙手一投足を見張っていた」

「母の言うことは本当だったのね」

「それ以上だよ。エルンスト・ケラーを知っているかい？」

フルリーヌは震えあがった。「その人も父が十代のころからスイスでつるんでいた一人よ。彼の息子と私を、父は結婚させるつもりだった」

ラウルがうなずいた。「ケラーは、ラ・ランサニューズにいる僕を監視していた。お母さんが言ったように、ギャルベルが金を払って長年僕を見張らせていた証拠が出てきたんだ。お母さんの証言があったからこそできたことだよ」

フルリーヌは背を向けて海を眺めた。「それに私が面接に行ったせいで、あなたは危険な目にあいそうになった」

「もう大丈夫だ」

「どうしてそんなことが言えるの？」

「警察はブルストとケラーを二十四時間態勢で監視している。ブルストにはニースまでついてきてもらった。飛行機ではなくパリからレクサスで空港まで来て、二人の警察官と話す僕を見せたんだ」

「つまり、彼はあなたのあとを追っていたの？」

「車でね。警官の一人が君のスーツケースを取りに行ったとき、ブルストは僕の行動を見張りながら待機中のヘリまでついてきた。僕が警官からスーツケースを受け取り、ヘリに乗りこむのも見たと思う。だが僕が機体の扉を閉めた瞬間、二人の警官が彼をストーカー容疑で現行犯逮捕し、携帯電話を取りあげたはずだ」

フルリーヌが信じられないという表情を浮かべた。

「どう考えればいいのかわからない」

ラウルは彼女を抱きしめてやりたかったが、なにもしなかった。今はまだ無理だ。相手の心の準備ができていないから。「君の気持ちはよくわかる。ヘリで移動中、警官からきたメールによると、ブルストはニースの刑務所で罪状認否手続きを待っているそうだ。これでギャルベルが彼と接触することはなくなった。君も僕も当分は安全だ」

しかし、紫色の瞳には恐怖が浮かんだままだった。

「でもブルストは、行き先はわからないがあなたをニースの空港で見た、と父に電話で報告していたかもしれない。ブルストと連絡が取れなくなったら、父は家族に怒りをぶつけるかもしれないわ」

「そうはならないよ、フルリーヌ。だいたい、ブルストの身になにがあったのか、ギャルベルにはしばらくわからないだろう。それよりも大事な話がある。君の家族は安全だ。約束するよ」

「あなたのことは信じているわ。でもラウル、ブルストから連絡がなかったら、父はスイスのカルト教団に連絡して、あなたの居場所をさぐる人手をよこすよう頼むと思うの」

「望むところだ。ギャルベルは、警察が教団を一網打尽にするための鍵なんだよ。修道士の命を奪った男たちを全員逮捕し、自白を得るためのね。警察が二十四時間態勢で彼を監視しているのを忘れないでくれ。僕の兄弟も、君のお母さんやきょうだいに危害が加えられないよう目を光らせている。みんなで警戒しているんだ」

「あなたが正しいのはわかるの。でも、心配でたまらなくて」フルリーヌがテーブルから立ちあがり、テラスの端へ歩いていってもう一度海を眺めた。

ラウルはあとを追いかけ、後ろから彼女の腕に触れた。「君がこの十年、不安だったことはわかっている。もう少しの間、僕を信じてくれないか？　必ずギャルベルを逮捕させてみせる」手にはフルリーヌの震えが伝わってきた。

「あなたのことは信じている。でも、父の行動は予想がつかない。父にはなんでもできるの。伯母の家に連れていかれて、どれだけ残酷な人かを知ったわ。たぶん、今はいちばん頭にきていると思う」

彼はフルリーヌを自分の胸に引きよせた。そうするのは本当に心地よかった。「ギャルベルをとめるという僕の決意も今いちばん強くなっているんだ、フルリーヌ。もう二度と君や君の家族を傷つけさせはしない。だから一週間、恐れるのはやめて、奪われてきた二人の時間を楽しまないか？」

彼女が身を離し、ラウルのほうを向いた。「あなたが問題を解決しようとしてくれることにはすごく感謝しているけど、私たちはもう子供じゃないわ、ラウル。後戻りはできないし、十年前の気持ちももう失ってしまった。私たち二人の人生には、あまりにもいろいろありすぎたのよ。私は朝になったら出ていくわね。あなたもこの島からできるだけ遠くへ行って。会社へ戻ったら、なぜニースにいなかったのか、理由を考えてボスに話すわ」

無駄な戦いはするなよ、ラウル。彼は息を吸った。

「わかった。朝になったらヘリでナポリへ飛び、プライベートジェットでパリに戻ろう。君はボスに電話して、警察署での仕事がうまくいかなかったと言えばいい。君や〈エール・テック〉には、きちんと報酬を払うつもりだ」

「ありがとう」フルリーヌが震える声で言った。

「教えてくれ、フルリーヌ。なぜ〈レヨニー・テック〉に転職しようと思ったんだ？」

「評判がよくて、お給料もいいからよ」

「なるほど。だが、それだけじゃないだろう」

「経験豊富な人材が欲しいと聞いて、思いきって応募してみただけ。仮採用でもいいから雇ってもらいたかったんだけど、面接前にいろいろあったから」

ラウルは顔をしかめた。「受付係から僕の名前を聞いたせいだね。君のせっかくの計画をだいなしにしてしまったな。金が必要ならいくらでも出すよ、フルリーヌ。実は二度とそんな心配をしなくていいように、解決策を用意してあるんだ」

「すごくありがたい話だけど、私は大丈夫。〈レヨニー・テック〉やあなたの会社に被害が及ばなくてよかった。私は私の仕事に戻り、あなたはあなたの仕事に戻りましょう」

拒絶されてラウルはいらだち、打ちのめされた。

「僕たちの間にあったすべてを、君は終わりにするつもりなのか?」

「全部昔のことだわ、ラウル。私たちはまったく違う人生を歩んでいるのよ」

「だが、僕たちには共通の思い出がある」

「そうね。私たちはいつだって、子供のころのすばらしい時間を思い出せる。でも、もうあのときと同じじゃないわ」

ラウルは凍りついた。いつからそうだったんだ?

「キスをしたり結婚の話をしたりしたとき、僕たちは子供じゃなかった」

「あれはとても大切な、十代のころに見た夢だったんだわ。誰もがそういう経験をするけど、人生にはいろいろな道がある。私はまだしたいことを実現できていないの」

「たとえば、どんなことだ?」

「やめましょう、ラウル。階下《した》へ行かないと」フルリーヌが部屋を出ていこうとした。「ジュネヴラはアロンゾと一緒にあなたの好きな夕食を用意したそうよ。あなたを心から愛し親切にしてくれる二人をがっかりさせたくないわ」

別人のようなフルリーヌの言葉に驚き傷つきなが

らも、ラウルは相手の女らしい姿を追って階段を下りた。「食事はちゃんとするが、その間にフルリーヌ・デュモットがどんなことをしたいのか教えてくれ。僕は地所でいちばんかわいい女の子となんでも話し合うのが好きだった。そうするのをこの十年、待っていたんだ」

海を見おろす下階のパティオに出たあと、フルリーヌは不思議なほど黙ったままだった。ラウルはカラフルなパラソルが日陰を作るテーブルと椅子に彼女を案内した。

漁師風リゾットとスフォリアテッラという焼き菓子を食べる間、ジュネヴラとアロンゾが姿を見せずにいてくれるといいんだが。

フルリーヌはひと口ごとに感想を述べた。「ジュネヴラにこの焼き菓子のレシピを教えてもらいたいわ。葉っぱの形のはとてもめずらしいもの」

ラウルはほほえんだ。「これは修道士がかぶる頭巾を模しているんだ。十七世紀にリマの聖ローサ修道院で作られたのが始まりらしい。中にリコッタチーズがつめてあって、いくらでも食べられる」

「私が働いていたブーランジェリーで作ったら、ひと儲《もう》けできたかも。料理が得意な母がこれを食べたら、死ぬほど感動すると思うわ。本当にすばらしい料理だし、この赤ワインも完璧ね」

「アリアニコはここ、カンパニア州で作られているワインなんだ」ラウルは告げた。

フルリーヌはまたワインに口をつけた。「あなたがここで休暇を過ごすのが好きなのも当然ね」

黒い眉が片方上がった。「いつか自分のブーランジェリーを開きたいと思っているのかい？」

「自分のソフトウェア会社のＣＥＯになったらね」

「パリが好きなんだな」

「あなたもよく知っていると思うけど、パリはビジネスや人脈作りに最適な場所だわ。不動産の値段も悪くないし」

ラウルはワイングラスを置き、フルリーヌの野心的な一面を理解しようとした。「もう一度きく。君が〈レヨニー・テック〉に転職したかった本当の理由はなんだ？」

彼女はため息をついて座り直した。「カウセル社が買収したがるくらいの会社だったからだわ」

彼はフルリーヌを突き動かしていたものの正体を見た気がした。彼女は誰よりも野心家なのだ。しかしその行動は、昔のフルリーヌからは考えられなかった。「あそこが君よりも経験豊富な人を求めていたのはわかっていたはずだ」

「そうね。でも、力を示すチャンスを与えてくれたらと思ってたの。どうしてもチーフエンジニアになりたかったから。でも、最終面接で失敗してしまった。そしてあなたと一緒にヘリコプターに乗ったとき、早く自分の会社を作りたいと思うようになったの。あの移動手段は最高だけど、手に入れるには資産が必要だわ」

これが僕のフルリーヌの言葉か？「ほかにしたいことはないのか？」

「たとえば？」

ラウルは感情もあらわに立ちあがった。「結婚して子供を持つことを考えてもいいんじゃないか？干し草小屋でなにを話したか思い出してくれ。僕の妻になってくれれば、愛する君のそばを離れない。もうなんの心配もさせないと約束する」

フルリーヌが彼を見つめた。「あなたの望みは現実的じゃなく、遠い昔の夢だわ、ラウル。私たちは愛し合っていたわけじゃない。本当は恋人同士でもなかった。あなたもわかっているはず。あなたはやっぱり私を、時代遅れの服を着せられて王子さまに助けてもらわなければならない、哀れな灰かぶりだと思っていたのね。でも、私はそんな存在なんかじやないの、ラウル。むしろ、人生の主導権は握っていたい女なのよ」

「君の人生の主導権を握ろうとは思っていない」

「あなたの男性としての本能は違うわ。母は結婚するまで、そのことに気づかなかった」フルリーヌは嘘をつきつづけた。本当はラウルを死ぬまで愛するつもりだったけれど、彼には同じ世界に生きる女性のほうがふさわしい。哀れな灰かぶりよりも。

ラウルは内心うなった。ギャルベルに深く傷つけられて、フルリーヌは夢を失ってしまったのか?

彼女は成長して本当に別人になったのだろうか? 目の前にいるのは僕が愛した少女ではない。もし本音で語っているなら、二人で歩む未来が実現することはないだろう。問題はまだある。ギャルベルを逮捕するには、この女性の協力が必要なのだ。

気をつけろよ、ラウル。「まだ僕を友人だと思っているのか、フルリーヌ?」

フルリーヌがいたずらっぽい笑みを浮かべた。「たとえ善意からであっても、二度と私をだまさないと約束してくれるならね。それにしてもこんなすばらしい場所で、私はどうしてここに座って文句なんか言ってるのかしら?」

「海の上のほうがもっと楽しいぞ」ラウルは立ちあがって手すりに近づいた。「アロンゾはクルーザーを持っている。暗くなる前に一緒に乗らないか? 心配はいらない。話を聞いたから、もう結婚や過去を持ち出しはしないよ。だが、ギャルベルのことは話さなければならない。彼は初めてラ・ランサニューズへ来たときから、悪影響をもたらしてきた。代償は払ってもらう」

「ずっと前にそうしておけばよかったんだけど」

「今がそのときなんだ、フルリーヌ。行こう」

ラウルは彼女が立ちあがるのを手伝い、二人は脇の階段を下りて、個人所有の入り江に向かった。太陽はちょうど水平線に沈んだところだった。アロンゾのクルーザーは埠頭《ふとう》につながれていたので、簡単に乗りこむことができた。ラウルは救命胴衣に手を伸ばし、一人で着るのだろうと思いながらフルリーヌに手渡した。

「ありがとう。こんな船には乗ったことがないわ」彼女はラウルのほうを見なかった。「今日は初めての経験の連続ね」

ラウルは今日あったことを説明できなかった。目の前のフルリーヌは知らない女性だった。「ここに座ってくれ。ちょっと沖をまわってみよう」フルリーヌを船長席の隣に案内し、ロープをほどくとエンジンをかけ、ゆっくりとブイに向かって船を走らせる。「夕暮れどきはいちばんイスキア島が美しく見える時間なんだ」

長い沈黙のあと、彼女が言った。「ヴィラやクルーザーの明かりで、おとぎの国にいるみたいな気分だわ。話をするためにわざわざ私をパリから連れ出したのなら、これ以上ないほど魅力的な場所に連れてきたわね」

ラウルは舵《かじ》を握る手に力をこめて、ぐるりとあたりを一周した。そして、じゅうぶんと思ったところでエンジンを切った。「本題に入ろう」そう言ってフルリーヌのほうを向いた。「この三週間、僕は弁護士や警察と協力して、ギャルベルの犯罪を立件しようと動いてきた。そうするためには三人の証言が必要なんだ。君、僕、そして——」

「私の母ね」彼女が言った。「父が私をスイスに連れていった日から母とは会っていないし、話もしていない。私が生きているのか死んでいるのかも、母は知らない。たとえ引き受けてくれたとしても、配偶者である父に不利な証言はできないわ」

「例外がある。一つは、配偶者が自分の子供に対して犯罪を予告した場合だ。ギャルベルは銃を突きつけて僕たち二人を殺すと脅した。もう一つは、結婚前にあった犯罪について話す場合だ」

フルリーヌがかぶりを振った。「もう終わった出来事を母が話してくれるかしら。恐怖心が強すぎるかもしれない」

ラウルは深く息をついた。「君が生きているとわかったら、僕たち全員をギャルベルの影響から自由にするために、お母さんはどんなことでもしてくれるはずだ。君とお母さんが安全な場所で会えるようにするよ。自分のおかげで娘が無事でいられたと知ったら、大喜びするんじゃないかな。ギャルベルの問題について、警察に相談すれば解決すると説得できるのは君だけだ。警察はお母さんの身の安全を保証してくれる」

彼女が両手を握りしめた。「父のことで、あなたがなにかできるとは思えない」

「君は僕を信じていると言った。正しい結果を約束できないのに、僕が君とお母さんを危険にさらすと本気で思っているのか？」

フルリーヌがうつむいた。「いいえ」ラウルには彼女の心の動きが見えるようだった。「どうするつもりなの？」

僕に反対する気はないらしい。ラウルはこのうえない安堵《あんど》感に包まれた。「ギャルベルの件に関してはクロード・ジローと一緒に動いてきた。君はすでに一週間の休暇のために荷造りをすませているので、明日の朝、ナポリからラ・ランサニューズまで飛ぶ」

彼女がラウルに背を向けた。

「到着後、僕は一人でプライベートジェットを離れ、ケラーに僕の職場までついてきてもらう。君は変装した別の探偵と一緒に飛行機を降り、プティ・ベルジェール・ホテルにチェックインする。そこには警官も来て、二十四時間態勢で君を守る予定だ。別の警官がお母さんをホテルに連れてくる。君のきょうだいにはチーズ工場で働いていてもらう」

フルリーヌが顔を上げた。「今、妹と弟はそこにいるの？」

「高校を卒業してからずっとそこで働いている。ギャルベルが家を出ることを許さなかったから」

「でも、父が――」

「ギャルベルの携帯は二十四時間監視されているし、酪農場でも厳重に見張られている。僕が戻っても、ほかの信者を呼びよせる理由はまだない。ニースで逮捕されたブルストからの連絡を待っているはずだ。お母さんの証言を得るには絶好の機会だよ。ギャルベルはなにも知らないだろうから」

フルリーヌにはいろいろ考えることがあると思い、ラウルはクルーザーのエンジンをかけて、小さな入り江にある専用のドックに戻ることにした。帰りはあっという間だった。ラウルは船をつないで彼女を降ろし、二人で石段へ続く道を歩いた。ヴィラの二階へ行くと、フルリーヌの部屋の前で立ちどまった。

「今夜はよく考えて、明日の朝、答えを出してくれ。八時に階下のパティオで会おう。気が進まないなら、パリまで送っていく」次の言葉は口にしなければならない内容だったが、言うには全力を必要とした。

「もう二度と君には結婚を申しこまない。約束する。おやすみ《ボンヌ・ニュイ》、フルリーヌ」

ラウルは真実を語っている、とフルリーヌにはわかった。部屋へ駆けこんで、テラスの手すりにしがみつく。目的は果たしたけれど、つらくてたまらなかった。

そよ風が髪を揺らす中、彼女は考えた。ラウルなら父を必ず逮捕させるに違いない。でもそうなるためには、会社に父がやってきて自分を撃つかもしれないと思ったあの日のような勇気を出す必要がある。

ポールを壁に張りつかせ、自分を標的にしたあの日のような。

ラウルとともにラ・ランサニューズへ向かうなら、ふたたび父に会う覚悟がいる。自分や家族のためだけでなく、ラウルのために。彼は私の父のことをずっと黙っていてくれた。カウセル家の人々とカトリック教徒に対する父の度を超した憎悪のせいで、ラウルの兄弟は教会で結婚式をあげられなかったのに。フルリーヌは寝支度をしたものの、まったく眠くなかった。父を黙認していたラウルの苦悩を想像していたせいだ。カウセル家に生まれただけで、彼がつらい目にあうなんて公平じゃない。おおぜいの人の人生をだいなしにした父をどうにかできるのは、私と母だけなのだ。

長い間かかったけれど、また母に会える……。

朝がくるころには、ラウルを助けるために力を尽くすと決心していた。父が逮捕されれば、誰もが好きな人生を歩める。私の場合は、ひそかにラウルを愛しつづけることができる。

パリから着てきたアプリコット色のスーツに身を包んだフルリーヌは、スーツケースを持ってパティオにいるラウルのところへ行った。彼はライトグレーのスーツに白いシャツを合わせていて、男らしさの見本と言ってもいい姿だった。

彼みたいな男性はこの世にいない。燃えるような黒い瞳に見つめられながら、彼女は近づいた。「おはよう《ボンジュール》、フルリーヌ」

「ボンジュール、ラウル。ジュネヴラとアロンゾがいると思ったんだけど。お礼を言いたくて」

ラウルが首を振った。「今日は早く出発するから、朝食は機内で食べると説明したんだ。で、どこへ向かう？」

十代のころのラウルは、もういない。二人の関係を変えてしまったのは私だ、とフルリーヌは気づいた。でも、大人になってからの二人は他人も同然だった。だから、ラウルと彼の両親のことを教えてくれたジュネヴラに私が別れを告げる資格はない。

フルリーヌは頭を高く上げた。「みんなのために、父という恐怖は終わらせたいわ。あなたの計画に協力する」

「ありがとう《メルシー》」ラウルが低い声でつぶやいた。「後悔はさせない。ナポリ国際空港でプライベートジェットが待機している。そこからラ・ランサニューズへ向かおう」彼がスーツケースに手を伸ばした。ヴィラの裏手にはヘリコプターが待機していた。

機体の扉を開け、ラウルがフルリーヌを乗りこませた。パイロットが彼女にほほえみかける。「またお会いしましたね、マドモアゼル・ミレー」

「ボンジュール、イヴ」

フルリーヌは座席に座ってシートベルトを締めた。ラウルはイヴと少し話したあと、彼女の向かいに座った。数秒後、回転翼が動き出し、ヘリコプターが離陸した。

窓の外を見ると、テラスからロマノ夫妻が手を振っているのが見えた。涙を流して、フルリーヌも手を振り返した。なんとかしてお礼を言う方法を見つけるつもりだった。

空港までの間、フルリーヌは泣きどおしだった。駐機場で待機しているプライベートジェットのそばに着陸したとき、ラウルが言った。「あそこにはデニス・ランドリーという探偵が乗っている。君もお母さんもデニスを気に入ると思う。彼はパリのボスの命令に従っているから、任せておけば安心だ。さあ、行こうか」

フルリーヌはラウルの手を借りてヘリコプターから降りた。歩く間、スーツケースは彼が運んでくれた。乗務員に迎え入れられ、座席に案内されると、淡い茶色の髪をした、ジーンズにシャツという姿の四十代らしき魅力的な男性が待っていた。「マドモアゼル・デュモットですね。ラウルから、私があなたとお母さまのお手伝いをすると聞いていると思います。デニスといいます。お会いできて光栄ですよ」

　探偵の笑顔に、フルリーヌの緊張はほぐれた。

「あなたは勇敢な人ですね、デニス」

「私のボスとラウルが、必ず成功する作戦を練ってくれたおかげです。巡航速度に達したら、お話ししましょう」

　ラウルが彼女の腕を取った。「ここに座ってくれ、フルリーヌ」

　シートベルト着用のランプが点灯した。彼女がシートベルトをすると、機体が滑走路に移動する。そして、フランス東部へ向かって飛びたった。

　故郷へ帰れるなんて信じられない。

　朝食を出されても、フルリーヌはロールケーキをつつき、コーヒーを飲むのがやっとだった。トレイが片づけられると、デニスが彼女に向き直った。

「いいですか、マドモアゼル・デュモット？」

「どうかフルールと呼んでください」

「わかりました《トレビアン》、フルール。シャロン・シャンフォルジュイユに降りたら、ラウルが出ていくまで機内にいてください。それから私とタクシーに乗って、プティ・ベルジェール・ホテルまで行きます。そこでお母さまと会えるよう部屋を用意しました。お母さまとはもう十年も会っていないそうですね」

「本当に久しぶりに会います」

「そうですか。変装した警察官がお母さまをホテルまでお連れする予定です」

　ラウルが身を乗り出した。「君とシモーヌが話したあと、僕が合流し、ホテルを出る。うまくいくから心配はいらないよ、フルリーヌ」

　フルリーヌは息を吸った。「そうなるよう祈るわ。

あなたって本当に勇敢なのね」

ラウルとデニスが話す間、彼女は窓の外を眺めながら愛する母との再会を思って興奮していた。昨夜はほとんど眠れなかったせいで、空港に着陸するまではうつらうつらしていたけれど、シートベルトを締めて着陸する段階で恐怖心が戻ってきた。

ラウルがなにを言おうと、父親はブルストから連絡がないのを不審に思い、ニースでなにがあったのか確認するに違いない。

ジェット機がとまり、ラウルが立ちあがった。黒い瞳がフルリーヌをとらえる。「ホテルで会おう。大丈夫だ。僕たちがついている」

機内から出ていくラウルを見送ったフルリーヌは、父親のせいで彼が耐えてきた苦労に胸を痛めた。この計画は必ず成功させなくては!

十分後、彼女はデニスについてプライベートジェットを降り、待っていたタクシーに乗りこんだ。デニスがスーツケースを後部座席に置き、タクシーはラ・ランサニューズへ向かった。いくつか変わったところはあったけれど、町には見覚えがあった。もはやパリは別の惑星のように遠く感じられた。

午後一時十分過ぎ、タクシーはホテルの前にとまった。デニスはフルリーヌを車から降ろし、スーツケースを運びながらフロントの前を通り、エレベーターに乗って二階の部屋まで彼女につき添った。鍵でドアを開けた先は、ダブルベッドが二台あるスイートルームだった。小さな冷蔵庫のそばのテーブルには、果物の入ったバスケットが置かれている。

「くつろいでください、フルール。この部屋はあなたとお母さまが好きなだけ使えます。今、ティボー巡査がお母さまを連れてきます。パリに戻るまで、あなたの部屋だと思ってゆっくりしてください」

パリに戻る……。

フルリーヌは浴室で化粧を直した。心臓がどきどきして、気分が悪い。浴室を出た彼女は、デニスにきいた。「母はどこまで知っているの？」

「あなたが見つかったこと、ギャルベルの問題を解決するために、もっとも安全な場所であなたに会えることくらいです」

彼女は座っていられず、窓の外を見た。しかし、窓はホテルの裏側に面していた。「怖いわ」

「ラウルからあなたは十年間、恐怖の中で生きてきたと説明されています。今日があなた方にとって、自由な人生の始まりになるといいのですが」

フルリーヌには、父親の存在しない人生など想像もできなかった。突然、ドアがノックされる音がした。飛びはねて振り向くと、デニスがドアを開けるのが見えた。フルリーヌの目に自分より数センチ背の低い、愛らしい母の姿が映る。年を取った以外はなにも変わっていない。淡い茶色の髪は相変わらず下ろしてあり、不格好な長袖の白いワンピースを着ている。「ママン！」フルリーヌは叫んで、母の腕の中に飛びこんだ。母はいつも使っていたラベンダーの石鹸《せっけん》のいい香りがした。

涙を流しながら、二人は互いを抱きしめた。「よかったわ、あなたが無事で。それに、とても美しくなって！」母が言った。

「ママンもね。マルティとエマはどうしてる？」

「二人とも元気よ」

「二人はこのことを知ってるの？」

「いいえ、なにも」

「ラウルのことも、私の彼への気持ちも？」

「あなたがラウルをどう思っているかは知っていたけど、口にはしなかったわ。二人が無事でいるためには、秘密にしておかなければならなかったの。またあなたに会えたのが信じられない。奇跡だわ」

「ママンのおかげよ。お金と出生証明書を渡してくれたおかげで、私は逃げ出せた。話したいことがたくさんあって、なにから始めればいいのかわからないわ」

母がうなずいた。「これはラウルのおかげなんでしょう?」

「ええ、話せば長くなるし、いつか全部話すわ。ママンとラウルがパパの犯罪行為を黙っていてくれたから、私たちは無事だった。探偵のデニス・ランドリーを紹介させて。彼はパリにいるボスと一緒にこの件で動いてくれているの」

デニスがシモーヌの手を握った。「マダム・デュモット、このような状況でここに来られるとは、とても勇敢ですね。あなたの証言を取っている間に、ラウルも来るでしょう。二人のお子さんが帰ってくるまでに戻りたいと聞いていますので、すぐに始めましょう。この会話は録音されています」

フルリーヌは母の肩に腕をまわし、二人でソファに座った。探偵は二人の向かいの椅子に座り、録音機に向かって話しはじめた。

「シモーヌ・ビノシュ・デュモット、五十九歳、フランス、ラ・ランサニューズ出身。二十七歳でギャルベル・デュモットと結婚。自宅はカウセル家の地所内。二人の娘、二十八歳のフルール、二十四歳のエマ、二十二歳の息子マルティの母である」

彼が母の情報を録音している間に、ノックの音がしてラウルが入ってきた。ハンサムで男らしい彼の姿に、フルリーヌは目を奪われた。地球上でもっとも魅力的な男性を見て、静かに息をのむ。そんな人を私は突き放したのだ。

デニスが立ちあがった。「ラウル、マダム・デュモットの話を聞く準備はできた」

ラウルがフルリーヌの母にほほえんだ。「今までは一度も話せませんでしたね。この日をずっと待っていました、シモーヌ。ここは安全ですし、マルティもエマも無事です」

「ありがとう、ムッシュー・カウセル」

「ラウルと呼んでください。僕たちが自分らしさを取り戻すには、十年かかりましたね」

シモーヌの目が涙でいっぱいになった。「ええ、ラウル。あなたに神の祝福がありますように」

黒い眉が片方上がった。「あなたの夫が刑務所に行くことになってもですか?」

「娘を取り戻した以上、喜んで話すわ」

ラウルは、娘と再会すればシモーヌが協力してくれると予想していた。彼は別の椅子に座り、フルリーヌを見てから彼女の母に視線を向けた。「どうぞ、進めてください」

それから三十分ほど、フルリーヌは悲惨な火事の話を聞いた。十六歳のころ、シモーヌが朝早く鶏小屋で卵を集めていたとき、ギャルベルたちが突然現れたのだという。とっさに鶏小屋の裏に隠れると、彼らは前の夜、修道院でなにをしたかについて話し出し、その恐ろしさにシモーヌはうめき声をあげた。

ギャルベルは声を聞いてシモーヌを捕まえ、もしひと言でもしゃべったら、彼女と彼女の家族を殺すと脅した。その日からシモーヌはギャルベルの言いなりとなり、数年後、迫られるまま結婚した。証言として、彼女は放火にかかわった者たちの名前をあげた。

デニスがシモーヌの勇気をたたえたあと、フルリーヌが干し草小屋で起こったことを話す番になった。父親がライフルで二人を殺すと脅したことを。ラウルが彼女の証言を裏づけたとき、探偵は電話をかけ、満足げな表情で立ちあがった。「みなさんのおかげで、事件解決に必要な証拠を手に入れられました。現在、ギャルベル・デュモットはエルンスト・ケラーらと一緒に酪農場で逮捕され、過去に犯した凶悪犯罪の容疑者となっています」

「スイスにいる男たちはどうなるんですか?」シモ

ーヌがフルリーヌも抱いていた疑問を口にした。彼らが自由の身でいるのは耐えられなかった。

デニスがほほえんだ。「彼らも逮捕されています。マダム・デュモット、名乗り出てくれてありがとうございました。あなたと子供たち、ラウルと家族、そしてカトリック教会に対する大きな過ちがついに正されたのです」

探偵が部屋を出ていくと、フルリーヌは母の手を握ってラウルを見た。「じゃあ、私たちにはなんの危険もないの？」

「これまでとは違ってね」彼が低くいきいきとした声で答えた。「僕たち二人が証言すれば、あとは法律が裁いてくれる。もちろん、これは始まりにすぎない。ギャルベルと仲間たちは陪審員の前で裁かれ、有罪判決を受けるだろう。だが、もう誰の人生も彼らにおびやかされはしない。行きたいときにどこにでも行けるんだ」

「夢のようだわ」シモーヌがつぶやいた。

「気持ちはよくわかります」ラウルが立ちあがった。「準備ができしだい、あなたたちを家へ送りましょう。別の警官がエマとマルティをチーズ工場から家に連れて帰っています。二人が待っていますよ。フルールとは長年待ち望んでいた再会になりますね」

シモーヌが彼に歩み寄った。「なんてお礼を言えばいいのか」

「お礼を言いたいのは僕のほうです、シモーヌ。カウセル家はあなたの長年の苦しみのうめ合わせをするつもりです。またお話ししましょう」ラウルはフルリーヌのスーツケースを持って歩き出した。

フルリーヌは呆然《ぼうぜん》としたまま母の腕を取った。二人はラウルのあとを追ってホテルを出ると、待っていた黒いメルセデスに乗りこんだ。彼は車を運転して、二人を地所へ連れていった。

フルリーヌは後部座席でラウルの黒い頭をじっと

見つめていた。この人はこの日のためにあらゆる危険を冒してきたのだ。なにもかもが現実とは思えない。もはや恐ろしい父はいない。これからは知らなかった自由が手に入る。

父親への恐怖から解放されたせいで、心はラウルへの思いで揺れ動いていたけれど、自分の気持ちを分析する時間はなかった。車が生まれ育った農場家屋にとまったのだ。パトカー以外には見覚えがあった。

ラウルが二人を車から降ろし、スーツケースを玄関まで運んだ。するとドアが開き、エマが飛び出してきて、喜びの声をあげながらフルリーヌを抱きしめた。十年ぶりに見るマルティは、ラウルと同じくらいの身長になっている。四人はいつまでも固く抱き合った。

5

エマとマルティを連れてきた警官が、ラウルと話すために出てきた。「私の仕事はこれで終わりです。あとはあなたの手にゆだねます」

「いろいろありがとう。今日は歴史に残る日だ」

「まったくです。私の親族も修道院の火事で亡くなったんです」

「僕の親族もだよ。だが、もう終わった」

ラウルと握手をしてから、警官がパトカーに向かった。デュモット家の四人は家の中に入っていた。

ラウルはフルリーヌが合図をくれるまで待っていた。

これまでデュモット家に足を踏み入れたことは一度もなかった。中は質素そのもので、はらわたが煮えくり返る思いだった。しかし、シモーヌが銀行にある金を含めたすべてを自由に使えるようになった今、この生活も変わるはずだ。

「ラウル？　居間へ来て、今回の経緯をみんなに説明してくれないかしら？」

フルリーヌはソファで妹と弟の間に座っていた。彼はその向かいにある木の椅子に腰を下ろした。隣にはシモーヌがいた。

「十年ぶりに君たちのお姉さんと僕はパリで偶然会ったんだ。詳しいことは彼女が話してくれるが、君たちのお父さんは人を雇って、ずっと僕と僕の兄弟を監視させていた。僕の父とカウセル家の人間を憎んでいたからだ。もし僕や僕の家族が君たちの家族の誰かと話しているのを見つけたら、全員を殺すつもりだったらしい」

エマが息をのんだ。ラウルが自分との関係を口にしなかったことに、フルリーヌは気づいた。

「それでも君たちのお姉さんとパリで出会ったことが、僕たち全員の人生を大きく変えた。僕は警察に通報し、修道院への放火で君たちのお父さんを逮捕する計画を練った。彼はラ・ランサニューズで拘留されているが、仲間たちとともに明日パリに送られて裁判を受け、刑務所へ入れられるだろう」

マルティが厳粛な表情で身を乗り出した。「あの修道士がおおぜい亡くなった火事のことですか？」

ラウルは咳《せき》ばらいをした。「そうだ」

「僕たちの父もそこにかかわっていた？」

「彼と仲間たちがね。君たちにとって受け入れがたい話なのはわかる。それでも数週間前にディディエ神父さまに聞いたところによると、お父さんもかつては純朴な子供だったらしい。それが親から虐待されて、人を憎むようになったんだ。だが、お父さんとお母さんは三人のすばらしい子供に恵まれた。大事なのはそのことだ。お父さんは長年、酪農場で誠実に働いてきた。それに君たち全員を殺すと脅されていたにもかかわらず、お母さんは君たちを守るために、お父さんを支えながら子育てをしてきた。君たちのお母さんと君たちへの尊敬の念から、僕たち家族はなにかしてあげたいと考えている。エマ、マルティ、君たちはこのままチーズ工場で働いてもいいし、地所の中でほかに好きなことをしてもいい。新しい仕事をさがしたり、大学に進学したりするのもいいかもしれないな。どうするかは君たちしだいだ。そのための費用はカウセル家で負担し、それぞれに好きな車もプレゼントするよ。それが僕たちにできるせめてものことだから」

マルティが飛びあがった。青みがかったグレーの瞳が輝く。「本当に?」

シモーヌがうなずいた。「彼は本気よ。約束は守ってくれるわ」

ラウルが彼女にほほえみかけた。「君たちのお母さんは聖人だよ、マルティ。これまで放火犯を捕まえるために自治体が設定した報奨金はお母さんのものだ。僕たちも君たちの必要なものを用意するよ。シモーヌ、あなたにも車を贈りましょう。朝にはあなたが使える新車が表にとまっていますよ」

エマがフルリーヌの肩で泣いていた。

「お母さんがずっと秘密を守っていたおかげで、君たちは安全だったんだ。君たちのお姉さんがパリに逃げるのも助けて、ずっとそこで生活し働けるようにした」

「パリに行ったことがあるの?」エマが泣きながらきいた。そしてマルティとともに、母と姉を不思議そうに見つめた。

ラウルはほほえんだ。「お母さんがパンを作ってはこっそり地所内で売っていたのを知っているかい?　本当に聖人だよ。パンを売った金は、スイスから逃げ出すお姉さんを助けてくれたんだ。お姉さんもすごかったんだよ。お母さんのレシピを使って、パリのブーランジェリーで働いていたんだから。それで大学の学費も稼ぎ、今では〈エール・テック〉のソフトウェア・エンジニアになったんだ」

マルティが唖然《あぜん》とした。「姉さんはエンジニアなのか？」

ラウルはうなずいた。「優秀なね。デュモット家のみんなは、誰にも理解されない痛みに耐えてきた模範的な人たちだ。もし今、援助が必要でないなら、金は好きな銀行口座に入れておいて使いたいときに使えばいい。最後にもう一つだけ言わせてくれ。君たちはしばらくチーズ工場での仕事を休んで、再会したお姉さんとの時間を楽しむといい。お姉さんは五日後にはパリの会社へ戻るから、一緒に飛行機に乗っていけばいい。もしそうなったら、僕がパリにいるときに滞在している宮殿《パレ》のスイートルームに泊まるといいよ。四人は泊まれるから。そこで好きなだけ過ごして、観光を楽しんでくれ。どんな計画を立てたとしても、カウセル家のプライベートジェットで連れていく。それでは、これで失礼するよ」

シモーヌがラウルを追いかけてポーチまで出てきた。「お願い、夕食を一緒にとっていってくれない？」

「ご親切にありがとうございます。ですが、酪農場に行かなくてはならなくて」

彼女がうなずいた。「本当になんて感謝したらいいのかわからないわ、ラウル」

「あなたも僕も同じ問題をかかえていたんです。あなたたちが真実を明らかにしたおかげで、僕たちみなの人生はすっかり変わりました。全員がなにも恐れず、未来を楽しみにできるようになったんです」

「それを実現させてくれたあなたへの恩を、私はいつまでも忘れないわ」

「フルリーヌも勇気を出してくれたおかげですよ」

ラウルはうっかり、かつて愛して失った女性の愛称を口にした。

彼女のことは頭から押しやって急いで車に乗りこみ、酪農場へ直行する。そこには六台のパトカー、三台のワゴン車、一台の救急車がとまっていた。車から降りると、デニスが彼のところへ歩いてきた。

「ラウル、容疑者たちは警官が車に乗せたぞ」

「うまくいったんだな?」

「計画どおりにね。ギャルベルにとっては青天の霹《へき》靂《れき》だったらしい」

ラウルは深いため息をもらした。「レジオンドヌール勲章ものだよ、デニス。君と一緒に仕事ができてよかった」

「君の協力がなければ、この事件は今も解決していなかったかもしれない」

「感謝しなければならないのはシモーヌ・デュモットにだよ、デニス」フルリーヌを父親から逃がすために犠牲になったことは、彼女の最大の功績だ。今回の逮捕で、ラウルの罪悪感は大いに取り除かれていた。そもそも彼がカウセル家の者だったせいで、フルリーヌを危険にさらしてしまったのだ。

「同感だな」デニスがうなずいた。

ラウルは救急車に目をやった。「誰か怪我《けが》をしたのか?」

「いや。念のために呼んだだけだよ」

「これからどうなるんだ、デニス?」

「デュモット、ケラー、ハーツェル、リヒターの四人はラ・ランサニューズの刑務所に収監されるよ。明日には罪状認否手続きのためにパリに送られるよ。スイスで確保した四人もパリに送られる予定だ」

「神に感謝《デュー・メルシー》だな」ラウルは深呼吸をして、悪夢が終わったのを実感した。「僕になにかできることはあるか?」

「当分はない。また連絡するよ」

「では僕は酪農場へ行って、説明してくる。今夜、新しい責任者を決めなければならないから」

「人生は続いていく、というわけだ」

ラウルが探偵の肩をたたき、酪農場の出入口に向かって歩きはじめたとき、そこから兄弟が駆けよってきた。三人は涙を流しながら抱き合った。

兄と弟がデュモット家の人々を守っていてくれなかったら、僕はどうなっていただろう？　本当に二人には世話になった。

「新しい時代の始まりだ」三つ子の兄ニコラが声をつまらせつつ言った。

三つ子の弟ジャン・ルイが長いため息をついた。

「ギャルベルが悪の権化のような連中と一緒にいなくなってよかったよ」

「今夜、父さんにすべて話そう」ラウルは告げた。

「父さんは修道士だったグレゴワール伯父さんを愛していたから、話を聞いたら喜ぶと思うんだ。だがその前に、ガストンが酪農場の新しい責任者になると発表しておきたい。何年も前にそうなるべきだったんだ」

三人が建物に入った瞬間、通路にいた従業員全員が〝ブラボー！〟と叫んで拍手した。そして彼らに対しては横暴だったギャルベルを追い出してくれたことに感謝し、三つ子に握手を求めた。

ギャルベルの犯罪はフランス東部にあるソーヌ県を有名にするばかりでなく、土地に住む人々も苦しめていたのだ。

シモーヌとその子供たちほどではなくても。

ラウルはデュモット家の人々との再会のことを、あえて考えようとはしなかった。十代の恋はもう終わったのだ。

フルリーヌはとっくに僕が愛した女性ではなくなっている。今の彼女は美しく、決断力と才能にあふれた、僕を愛することができない女性のようだ。それなら手放すしかない。

ギャルベルを逮捕させたときは、奇跡が起こったと思った。もしかしたら奇跡はもう一つ起こるかもしれない。次にパリでパスカルと会ったら、いとこの家で夕食をとって、自分にぴったりだという女性に会ってみよう。

酪農場でガストン・ファルーシュを酪農場の新しい責任者に任命した、とラウルが発表すると、あらためて万雷の拍手が起こった。みながこの知らせを喜んでいる間に、ラウルたちは大邸宅に引きあげた。

夕食を終えた三人は、居間でジャン・ルイの妻フランソワーズの大叔母とパズルを作っている父を見つけた。フランソワーズは二人のそばで本を読んでいる。ジャン・ルイが妻にキスをし、ナディーヌを部屋に連れていってほしいと頼んだ。今は父と息子たちだけの時間が必要だった。

ルイが顔を上げた。「おや、帰っていたのか、ラウル。今夜はそろってどうしたんだね？」

三人は腰を下ろした。「大切な話があって」

父の顎が上がった。「深刻そうだな」

「そうなんだ、父さん」ジャン・ルイがつぶやいた。

「でも父さんの魂にも、地所や教会にも、平安がもたらされるはずだよ」

「私の魂なら、何年も前から平安だったぞ」

「一つの問題を除いてはね」ニコラが口を挟んだ。

ルイが目をそらした。「そうだな、息子たち《メ・フィス》。だが、あまり不安にさせないでくれ」

ラウルは身を乗り出した。「グレゴワール伯父さんやほかの修道士が亡くなった放火の犯人が逮捕されたんだ。たぶん禁固刑に処されると思う」

髪の薄くなったルイの頭が、勢いよくラウルのほうを向いた。「誰だったんだね？」

「父さん、覚悟して聞いてくれ。ギャルベル・デュモット、ケラー、ハーツェル、リヒター、それにスイスで検挙された四人だ」

父が頭を振った。「ギャルベルが?」

「彼の妻シモーヌが警察に証言した。彼女は夫がなにをしたかを知っていたが、殺すと脅されていたんだ。なのに、娘のフルールが逃げ出すのに手を貸した。ギャルベルは僕たちの母さんとの結婚を望んでいたらしいんだが、父さんは知っていたの?」

「そうじゃないかとは思っていたよ」

「母さんが父さんを選んだとき、ギャルベルは耐えられず、グレゴワール伯父さんの命を奪って父さんたちをできるだけ苦しめようとしたんだ」

ルイがうなり声をあげた。「彼は目的を達成し、おまえたちをも傷つけた」

「しかし、すべては過去になった。新しい責任者はガストン・ファルーシュにしたよ」

「すばらしい選択だ」長い沈黙のあと、父が言った。「僕もそう思う。おかげで、世界はよりよい場所になった」

ルイの頬に涙が伝った。「シモーヌと子供たちがかわいそうでたまらないよ」

「彼らなら大丈夫だよ」

父が三つ子を見つめた。「私たちはあの家族を助けなければ」

広い心を持つ父ならではの言葉だ。「そうする」ラウルは言った。「それよりも、父さんが今後よく眠れるようになるといいんだけど」

フルリーヌはにこにこしながら初めて主導権を握る母を見ていた。彼らはちょうど夕食を終えたところだった。この数日間、家族で過ごした時間は癒やしになった。一緒にいる喜びを知り、絆《きずな》が強くなっていた。

「エマ、マルティ、二人ともどうするか決めたの?ラウルが明日の朝八時にここに来て、フルールを空港まで送るとメールしてきたわ」母が言った。

フルリーヌ自身にはメールも、挨拶も、会話も、質問もなかった。ラウルは約束を守り、四日前に彼女と母を自宅の玄関に送り届けて以来、一度も姿を見せなかった。当然だ。彼は約束を守る人だった。そのせいでフルリーヌはなんとも言えない痛みを覚えていた。

マルティが母を見た。「どこにも行ったことがないから、パリに行って、パレに何日か泊まってみたい。仕事や学校のことはまだ悩んでる」

エマがうなずいた。「私もパリに行きたいわ。ママンはどうするの？　私たちと来てくれる？」

妹と弟の将来はまだなにも決まっていなかった。また長い間母親と離れると思うと、フルリーヌはつらかった。

「いいえ、あなたたちがいないなら、買い物をしたり友人を訪ねたりしたいわ」

マルティがにっこりした。「新しいルノーで？」

「ママンには自由な時間が必要だわ」フルリーヌは言って妹と弟に目をやった。「私はあなたたちがパリに来てくれたらうれしい。仕事が終わったら、有名なお店に食事に行きましょうよ。新しい服を買って、新しい髪型で。忙しくなるわね！」

「待ちきれないわ！」エマが声をあげた。

「それじゃ、お皿を洗って荷造りをしないと。八時は早いから朝食は機内でとりましょう」

マルティも興奮したようすで、テーブルの片づけを手伝った。

夜、ベッドに向かう廊下でフルリーヌは母に呼びとめられた。「一緒に過ごせてよかったわ」母が彼女を抱きしめた。

「ママン、これからはいつでも帰ってくるし、毎日電話もするわね。もしパリへ引っ越したくなったら、一緒に住みましょう」

「いいえ、私の家はここだから。でも、あなたに会いには行くわ」母がほほえんだ。「ベッドに入る前に、私の部屋で少し話をしない？」二人は中に入った。「気になることがあるの。ラウルはいつからあなたをフルリーヌと呼んでいるのかしら？」

フルリーヌはどきりとした。

「家まで送ってもらった日、たまたま彼がそう呼ぶのを聞いたの」

彼女は唾をのみこんだ。「私が十七歳のときからよ」

母がまたほほえんだ。「きれいな愛称。あなたにぴったりだわ。あなたはなにも言わなかったけれど、お父さんがあなたを家族から引き離したとき、ラウルはあなたに夢中だったのね」その目に涙が浮かぶ。「本当にごめんなさい。お父さんが言っていたわ。あなたがラウルと干し草小屋にいたって」

「ええ。あのときはラウルに別れを告げていたの。ずいぶん昔の話だわ」

「今はパリで充実しているの？」

「そう。すごく楽しい」

「気になる男性はいる？」

「ときどきデートはしているけど、特別な人はいないわ」

「ラウルとはどういうきっかけで再会したの？」

「いろいろあって。最初から話すと、スイスからパリに来てすぐ私はローラ・ミレーと名前を変えて、誰にも追跡されないようにしたの」

「賢い判断だわ」

「そして数カ月前から、〈エール・テック〉でソフトウェア・エンジニアとして働いていた。そこで働いていたポールという同僚に誘われて一度だけデートをしたんだけど、つき合う気にはなれなくて。でも彼があきらめないので、転職を思いたって、パリでいちばんすぐれたソフトウェア会社である〈レヨニー・テック〉の面接を受けることにしたの。人生を大きく変えるとも知らずにね。そして最終面接で受付の女性が会議室に案内してくれる途中、ラウルが〈レコニー・テック〉の最高経営責任者《CEO》と一緒にいることを知らされたのよ」

「ああ、私のかわいい《マ・シェール》フルール。さぞかし驚いたでしょうね！」

「ママンには想像もできないと思うわ。怖くて怖くて私は転んでしまったあと、あわてて会社のビルを出た。でもラウルはなにがあったのかを知るために、私が勤める〈エール・テック〉まで来た。そのときに言われたの。ラウルが面接に同席するように言われたのは、カウセル社が〈レコニー・テック〉を買収するつもりで、チーフエンジニアになれる人材かどうか見極めるためだって」

「つまり、あなたをということね。信じられない。顔を見たらラウルだとすぐにわかったでしょう？」

フルリーヌは両腕を自分の腰にまわした。「ええ。彼はほかのどんな男性とも違うから」

「すっかり変わったあなたを見て、ラウルはショックを受けたでしょうね」

「純白の灰かぶりじゃなくなったせいで？」

母はしばらく娘を観察していた。「それからどうなったの？」

「ラウルとパレで会ったわ。そして彼に、結婚はしていないと言った」

母の愛らしい顔にゆっくりと笑みが浮かんだ。

「あなたがまだ独身だと知って、彼はすぐにお父さんを逮捕させる計画を立てたのね。ほかには？」

フルリーヌは、母がなにを言いたいのかに気づいた。「ラウルは三週間後、ニースでの架空の仕事を用意し、私の前に現れた。私たちはイタリアのイスキア島へ飛んで、カウセル家の友人の家に一泊したわ。彼は十年前の続きを望んだけど、私はママンのアドバイスに従ったの。ママンはいつも私を正しい方向に導いてくれたから」

「なんですって？」

「十年前、ママンはお金と一緒に手紙を私に送ってくれたでしょう？　そこには私とラウルが別の世界の人間だと書いてあった。だから一緒にはなれない、女性は男性がいなくても幸せになれるし、成功できるって」

「あのころのあなたはまだ十七歳だったから」

「でもラウルといると、ママンの言葉は本当だったんだなって思った。私たちは別々の世界に住んでいる。彼は独身で、ほとんどの男性がうらやむような生活をしているわ。ママンのアドバイスを胸に刻んで、私はいつか自分のソフトウェア会社を持つつもり。前を向いていられるのはママンのおかげよ。本当に聖人だと思うわ。尊敬している。さあ、そろそろ休みましょうよ」

フルリーヌは母の頬にキスをすると、エマと一緒に使っている寝室へ急いだ。

「私、すごく興奮しているの、姉さん。飛行機には一度も乗ったことがないから」エマが言った。

「わかるわ。きっと大好きになるわよ」フルリーヌは笑った。

「明日は会社に行くの？」

「まさか、行かないわ。会社には電話して、あと数日休ませてもらう。久しぶりに家族と過ごしていると説明すれば、納得してくれるはずよ」

二人は明かりを消すまで語り合った。その間も、フルリーヌは母との会話が気になっていた。そして、ひと晩じゅう寝返りを打つはめになった。寝室から私が急いで出ていったとき、母は心配そうな顔をしていた。あれはどうしてだったの？

さらに悪いことに、やっと眠ってもラウルや、イスキア島で彼にプロポーズされたときの夢を見た。

そこでも自分はやっぱり断っていて、悲しくてたまらなくなった。

起床時間よりずっと前に起きてフルリーヌはシャワーを浴び、旅行用に好んで着ていたアプリコット色のスーツを着た。エマのために持ってきたスカートとプリント地のブラウスも出す。妹とは足のサイズが同じなので、踵《かかと》のない靴も貸してあげた。

「ああ、姉さん、この服って友達の服と同じだわ。信じられない」エマは家の中を歩きまわって、マルティと母に服を見せた。「私、髪を切りたいわ。マルティ、あなたもよ。長すぎるもの」

「最初にそうしようと思ってるよ」

「次は?」

「カーゴパンツとサンダルを買うんだ」

フルリーヌは、十八世紀の生活から抜け出す二人を見ながらほほえんだ。父親の巨大な手が彼らを押しつぶしてしまうことはなくなった。二人はラウルのおかげで解放されたのだ。しかし彼がもうすぐ迎えに来ると思うと、落ち着きを失った。

母がスーツケースを持って、フルリーヌがいるポーチに出てきた。「パリにいる間に、あの子たちの服は処分しておくわ」母がささやいた。「エマはあなたのような髪型にしてね。似合うと思うから」

フルリーヌは母のほうを向いた。「そうする。すぐに戻ってくるわね」

「わかっているわ。二人には内緒だけど、私もあなたのまねをするつもりなの。今日、ラ・ランサニューズにあるブーランジェリー〈ボーシャン〉の面接を受けようと思ってて」

声をあげて、フルリーヌは母を抱きしめた。そのとき、ラウルがメルセデスに乗って現れた。

昔はさっそうとした海賊みたいだと思っていた男性が二人に向かって歩いてくるのを見て、フルリーヌの心は躍った。今日は黄褐色のスーツに白いシャツ、ストライプのネクタイというでたちだ。三つ子の兄弟はいつも『GQ』から抜け出してきたような姿をしていた。
「おはよう、みんな《ボンジュール・トゥ・ル・モンド》」ラウルが挨拶した。

「ボンジュール、ムッシュー・カウセル！」エマとマルティは一泊分の荷物を持ってポーチに出てくると、まるで休日の幼い子供たちみたいに車に急いだ。

その光景はフルリーヌの心を揺さぶった。

近づいてきた彼の黒い瞳は輝いていた。「シモーヌ、あの子たちはパリに行く準備ができているようですね。あなたは数日間、空の巣症候群になる覚悟はできていますか？」

「どうにかなるわ」シモーヌが満面の笑みで答えた。

母は新しい人生のスタートに興奮している、とフルリーヌは思った。

「あなたは僕の電話番号を、僕はあなたの電話番号を知っています。お子さんたちは無事にお返ししますので、安心してください」

「わかっているわ。あなたに神の祝福がありますように、ラウル」

もう一度母と抱き合ったあと、フルリーヌはラウルにスーツケースを奪われる前に、急いで階段を下りて車まで行った。彼はトランクに荷物を積み、後部座席のドアを開けた。三人が後部座席に乗ると、ラウルは運転席に座ってクラクションを鳴らし、シモーヌに手を振ってから車を出した。大邸宅を横目に地所内を走り抜けてから、シャロン・シャンフォルジュイユ空港へ向かう高速道路に出る。

ラウルの車に大喜びする妹と弟と一緒にいるのは、現実とは思えなかった。ラウルが携帯電話で何度もどこかにかける間、三人はパリでなにをしたいかを話し合った。ふと、フルリーヌはバックミラー越しに自分を見つめるラウルと目が合った。

不安になり、窓の外を見る。私はラウルに、私たちは愛し合っていたわけじゃないと告げた。父親が逮捕された以上、彼に会うことはなくなる。それでも同じ車に乗っていては、見ないわけにはいかない。

昨夜夢を見てから、ラウルを拒絶した自分がすばらしい可能性を捨てたことに、フルリーヌは気づいていた。飛行機に乗ってからも、妹と弟の相手で忙しくしておかなくては。いったんパリに着けば、ラウルとは別行動になるはずだ。

「わあ」空港で車がプライベートジェットのそばにとまると、マルティが声をあげた。何人かの空港職員が走ってきて、荷物を機内へ運びこんだ。

「さあ、二人とも」ラウルがエマとマルティにほほえんだ。「機内へ入ろう。座席に座ったら、シートベルトを締めて出発だ。今日は晴れているし、初めての空の旅を楽しんでくれ」

エマとマルティはラウルのあとを追ってタラップを上がり、座席についた。フルリーヌは、二人がどれだけ圧倒されているかに気づいた。カウセル家の贅沢《ぜいたく》な生活は自分たちの暮らしとは比べ物にならなかった。ラウルはパイロットと乗務員を紹介し、朝食を出すことも約束してくれた。

エマとマルティの質問にラウルが答えている間に、フルリーヌは自分の席を確保した。ラウルはあっという間に二人を笑わせ、すっかりくつろがせていた。その姿は、少女時代に夢中だった彼そのものだった。

シートベルト着用のランプが点灯し、全員が指示に従った。フルリーヌはラウルのハンサムな顔と黒髪に視線を向けないように窓の外を見つめた。

巡航速度に達したあとは楽しい朝食の時間だった。乗務員がトレイを下げると、ラウルが尋ねた。「パリに着いたらなにをしたい？」

驚いたことに、いつもはもの静かでおとなしいマルティがまず答えた。「パリではパレに泊まれるって言ったよね？　そこって本物の宮殿なの？」

「昔はそうだったし、今も外観は宮殿だ。本館の姉の部屋には寝室が二つある。お姉さんと一緒に、好きなだけ泊まっていってくれ」ラウルがエマのほうを向いた。「君はどうしたい？」

「わ……私もそこに泊まりたい」エマが口ごもった。

「姉さんもいい？」

「私と一緒がいいなんて驚きだけど」フルリーヌは口を挟んだ。

ラウルがうなずいた。「じゃあ、決まりだ。パレにはランドリーサービスがある。昼夜を問わず食事を提供する厨房《ちゆうぼう》スタッフもいる。駐車場にはアウディが置いてあるから、ドライブしたい人はどうぞ。玄関広間にいる警備員のギイからキーを受け取ればいい。僕は二階のスイートルームにいる」

彼が立ちあがり、ポケットから封筒を二通取り出してエマとマルティに手渡した。

「このお金は君たちの買い物用だ。フルールがパリの街を案内して、君たちのさがしているものを見つけてくれるんじゃないかな。パリに到着したら、車でパレに行って、身支度を調えよう。午後は仕事があるが、夜は君たちをエッフェル塔のディナーへ連れていくよ。初めて訪れたパリの雰囲気を味わうには、最高の場所だから」

エマが歓声をあげた。マルティはというと、まるで死んで天国に来たのではないかという顔だ。

ラウルの突然の夕食の誘いと、想像を超える親切と寛大な配慮についてフルリーヌが考えていたとき、シートベルト着用のランプがふたたび点灯した。ラウルはもう一度腰を下ろし、全員がシートベルトを締めて降下に備えた。フルリーヌは動悸《どうき》を抑えるために、何重にもシートベルトをしたい気分だった。できるだけ早くラウルから離れたかった。

6

デュモット家の三人を空港から車に乗せると、ラウルはパリの宮殿《パレ》をめざした。途中、警備員のギイに、姉のコリンヌの部屋の用意ができているか確認するよう指示する。精神的な虐待を受けつづけた三人には、贈り物を受け取ってほしかった。

昔はフルリーヌと結婚して、彼女の望むものはすべて与えようと思っていた。しかし、そんな時代は終わりを告げた。思い出の中のフルリーヌをいつまで愛していても、今の彼女は別人でしかない。もう二人の間に絆《きずな》は存在しないのだ。

それでも、ラウルはフルリーヌの妹と弟のためにできることをしたかった。パレの前に車をとめ、玄関広間にいるギイに二人を紹介すると、親しみやすく温和な警備員は歓迎の表情を浮かべた。

「では、すばらしい一日を」数分後、ラウルは言った。フルリーヌの目を避けて車に戻り、一ブロック先の会社に向かう。

「やあ、ラウル」いとこのパスカルがオフィスで彼を出迎えた。「会えてうれしいよ。妻と君のことを話していたんだ。すてきな女性を紹介するから、今夜ディナーに来ないか？」

「今夜は忙しいんだ。明日の夜はどうかな？　セーヌ川を遊覧しないか？」とっさにラウルは言った。今夜はフルリーヌと彼女のきょうだいを楽しませたかった。そうすれば、きちんと別れを告げられる。

パスカルが驚いた。「今夜じゃだめなのか？」

「デュモット家の三人がパリにいる間は、彼らの面倒を見たいんだ」

「なんだって？」

「君の考えていることは想像がつくが、違う。フルリーヌと僕がつき合うことはない。つらい目にあった彼らのためを考えているだけだ。理由はあとで話すよ。ジャネールと君も、僕に紹介したいという女性を連れて僕たちと一緒に過ごさないか？　あさってにはラ・ランサニューズに戻るから、しばらく会えないかもしれない」

「妻《ビアン》に電話してみるよ。行けるなら連絡する」

「よし。ビル・アケム橋から八時発のクルーズ船に乗るから」

ラウルはいとこのオフィスをあとにし、ジョルジュのオフィスへ向かった。途中〈エール・テック〉の最高経営責任者《CEO》、フィリップ・シャルボンに電話する。そして、ニースの警察署長の代理で連絡していると説明した。警察署長は父の友人だから、快く協力してくれるはずだ。

「別件での手続きがうまくいかず、マドモアゼル・ミレーに働いてもらうことはできませんでした。彼女は今朝、飛行機でパリへ戻りました。御社には賠償を行うつもりです。手続きがすんだら、またご連絡しますので。今回はありがとうございました、ムッシュー・シャルボン」

次はエッフェル塔にあるレストラン〈ル・ジュール・ヴェルヌ〉の給仕長マルセルにかけた。

「ああ、ラウル！」給仕長が興奮ぎみに叫んだ。

「どうされましたか？」

「今夜、女性二人と男性一人の客を連れてディナーをとりたい。八時までに行く。彼らには好きなものを注文してもらうが、シャンパンは最高級のものを出してほしい。窓際の、景色がよく見える席を頼めるかな？　彼らはパリが初めてなんだ」

「わかりました。いちばんいい場所をご用意します。花はどうしましょう？」

「一輪挿しに赤い薔薇《ばら》をいけて、二人の女性の前へ一つずつ置いてほしい」

「すてきな演出ですね。承知しました。それでは、ア・ビアント《ア・ビアント》ラウル」

電話を切ったラウルは、シモーヌにも連絡した。留守番電話につながったので、フルリーヌたちがパリに着いたと知らせる。「あなたの子供たちは全員なんの問題もありませんから」最後の電話の相手は、〈レヨニー・テック〉のジュール・ヴォージアだった。「ジュール？　新しいチーフエンジニアは見つかったかい？」

「いいえ、最高の人材を確保しなければならないのに、まだ見つかっていないんです。ローラ・ミレーの怪我《けが》は残念でしたよ。彼女の業績は、たとえ十年以上の経験がないことを踏まえてもすばらしいものでしたから」

「わかるよ。だが、いい知らせがある。彼女は足首を少し捻挫しただけで、もう普通の生活に戻っている。〈エール・テック〉の顧客からの評判も上々で、僕も感心しているんだ。彼女を試用期間をつけて雇い、チーフエンジニア候補として考えてもいいんじゃないかな？　どうだろう？　カウセル社のCEOも合併話に乗り気になるかもしれない」

「そうなんですか？」

「どうなるかはわからないが」

「そうですね。彼女に連絡を取って、また面接に来てもらうことにしますよ。あなたの考えが正しいかどうか、答えを知りたくなりましたから」

「幸運を祈るよ、ジュール」

これがフルリーヌへの別れのプレゼントになりますようにと祈りながら、ラウルは通話を終えた。彼女は〈レヨニー・テック〉で働きたがっていた。資質はじゅうぶんだし、経験もあるから、大丈夫なはずだ。

ラウルはパスカルのオフィスへ戻った。「教えてくれないか？〈レコニー・テック〉についての最新の判断はどうなっているんだ？」

「ソフトウェア開発のチーフエンジニアが決まるのを待っているところだよ。ジャネールは明日の夜のデートのためになにか考えているらしい。なにかわかったら連絡する」

「そうしてくれ。では、僕は行くよ」

車の中でラウルはギイに電話をかけ、デュモット家の三人がアウディに乗って買い物に出発したことを知った。パレに戻ったあとも、自分の部屋でくつろぎながらあちこちに電話をかける。

まず父に連絡すると、幸せな気分になった。ギャルベルの逮捕を知って、父ははっきりと安らぎを得ていた。ディディエ神父にも警察から逮捕のことは伝えられていた。神父は教会を代表してカウセル家に感謝しに来たらしい。その感謝の言葉を繰り返す父は涙声だった。

厨房《ちゅうぼう》へサンドイッチを注文してから、今度はジャン・ルイに連絡をする。

「どうしたんだ、兄弟《フレロ》？」

「デュモット家の人々が今、パレのコリンヌの部屋に滞在している」

「フルリーヌと彼女の母親もか？」ジャン・ルイとニコラは、ラウルがフルリーヌを愛しているのを知っていた。二人に未来がなくなったことも。

「いや、シモーヌは家にいたがったから来なかった。フルリーヌは部屋があるから、きょうだいがパリにいる間、行ったり来たりするんじゃないか？　僕はエマとマルティの力になりたいだけだ。ギイが大きな助けになってくれると思う」

「彼以上の適任はいないだろうな」

「電話したのは、おまえの専門知識が必要だからだ。帰還兵のためにとてつもないことをやってのけたおまえなら、エマとマルティの力になれると思って」

「ギャルベルがあの二人にしたことは犯罪だ。僕にできることならなんでもするよ」

「おまえが戻ってきてくれてどんなにうれしいか、最近言ったかな？」

　ジャン・ルイが笑った。「僕は幸せ者だ」

　フランスに帰ってきてから、弟の人生は好転していた。フランソワーズが彼の大きな喜びとなったためだ。「おまえの妻さえかまわなければ、パリに来て会えないか？　シャロン・シャンフォルジュイユ空港に飛行機を待たせておく。エマとマルティには将来についての指導が必要だ。おまえならそれができるし、しかるべき連絡先も知っているだろう」

「そうするよ。明日の十時半には行けると思う」

　電話を切ったあと、ラウルはラ・ランサニューズにいる自分のアシスタント、ダモンに連絡した。彼と仕事やいくつかの問題について話し合ってから、夜の外出のためにシャワーを浴びてひげを剃《そ》った。


　ネイビーのスーツに着替えてネクタイを締めたラウルは、七時二十分過ぎにパレを出て車に乗り、入口にとめて三人を待った。

　ブロンドの髪を活《い》かした新しい髪型と見違えるような格好のおかげで、エマもマルティもまるで別人だった。エマは鮮やかな赤のカクテルドレスを着ていた。マルティはチャコールグレーのスーツにペイズリー柄のネクタイを締め、パリの若者に負けないくらいにおしゃれだ。買い物の成果だろう。ラウルはシモーヌに送るために携帯電話で写真を撮った。

　数週間前もフルリーヌの変身ぶりには驚いたが、今夜の美しい細身の黒いドレス姿には目を奪われずにいられなかった。後部座席に乗ったエマとマルティは、シャン・ド・マルス公園へ行くまで午後になにをしていたかしゃべりどおしだった。

　しかし、フルリーヌは無言だった。エマとマルティの会話はとぎれることがなく、口を挟むのもむずかしかった。ラウルにとっても、これほど楽しい時間は久しぶりだった。エッフェル塔が近くなると、エマとマルティは歓声をあげた。二十代前半なのに二人の反応は子供のようで、ラウルは思わずにっこりした。

　三つ子のほかの兄弟と同じでカウセル家の富に対してはいつも罪悪感を抱いていたが、今夜は違う。デュモット家の罪のない二人が少しでも幸せなら、ラウルはうれしかった。フルリーヌが母やきょうだいにできるだけのことをしようと、ラウルや彼の家族に反対しなかったおかげだ。

　車をとめたあと、四人は人ごみをかき分け、エレベーターでレストランへ向かった。マルセルが急ぎ足で近づいてくる。

「ようこそお越しくださいました《ソワイエ・ラ・ビアンヴェニュ》、ラウル！」給仕長が手をたたいて出迎えた。

「メルシー、マルセル。こちらがフランス東部から来たエマ、マルティ、フルール・デュモットだ」

「はじめまして《アンシャンテ》。テーブルへご案内しましょう。準備はできております」

　四人は給仕長のあとについて、パリの街を見渡せる窓際のテーブルまで歩いていった。

「どうぞお座りください」

　ラウルはわざとエマが座るのを手伝い、マルティはフルリーヌに手を貸した。やがてウェイターがメニューを持ってやってきて、注文を取る。次にソムリエが来て、シャンパンを注《つ》いだ。

　ソムリエが立ち去ると、ラウルはグラスを掲げた。

「君たちはとてもすてきだ。ようこそパリへ。今夜が夢と希望の始まりとなるよう祈って乾杯しよう」

　みんなはグラスを合わせ、ラウルの好きな年代物のシャンパンを味わった。

　エマが彼にほほえみかけた。「夢の中にいるみたい。ありがとう、私たちのためにいろいろしてくれて」

マルティがうなずいた。「全部がすごいよ」

「やりすぎだと思うけど」ラウルの視線を避けて、フルリーヌがつぶやく。

予想していた反応だった。「そんなことはない。まだまだこれからだ。食べながら教えるよ」

家では魚を食べる機会が少ないらしく、エマとマルティは魚料理を選んだ。ラウルも同じものに舌鼓を打った。食事が終わると、彼はスプーンでグラスをたたいた。

「父は君たちが酪農場で働いてくれていること、そして君たちのお母さんがお父さんを裁くためにしてくれたことに感謝している。だから、お返しをさせてほしいそうだ。君たちはラ・ランサニューズで働きつづけたいかもしれないが、僕たち兄弟と同じようにパリの大学へ行く気はないかきいてほしいと言われている。明日の朝、僕は用事があるが、弟がパレに来る。十時半ごろには到着するから、将来について話してみるといい。ジャン・ルイは帰還兵が学位を取得したり職業訓練を受けたりするのを支援している。顔も広いので、君たちの質問にもいろいろ答えてくれるはずだ。ラ・ランサニューズへ帰るときには、プライベートジェットを使えるようにしておくよ」

「信じられない」マルティが目に涙を浮かべた。

ラウルは首を横に振った。「僕の家族は全員、君たちを尊敬しているんだ。だから、君たちと君のお母さんが少しでも幸せになってくれたらうれしい。さて、もう夜も更けた。よければ、パレに帰ってぐっすり眠らないか？」

エマが彼を見つめた。「この薔薇、持っていってもいいかしら？　今日の思い出のために大切にしたいの」

「もちろん」

フルリーヌがなにも言わずに立ちあがり、妹と弟をレストランの外へ連れていった。全員がマルセルと握手をしてからエレベーターに乗りこむ。

車の中でエマが言った。「今夜のことは生きている限り、決して忘れないわ」

「僕もだ」マルティも続いた。

ラウルはエンジンをかけ、車を発進させた。「僕も言葉にできないほど楽しかったよ」

またもやフルリーヌは無言だった。きっとおやすみなさいと言いたくてたまらないはずだと察し、ラウルは想像を絶するほどつらかった。だが、彼女は自分の気持ちを僕にはっきりと伝えた。それなら僕にできるのは、エマとマルティを幸せにするくらいだ。フルリーヌを手に入れられなくても……。

やがて車がパレに到着し、三人は後部座席から外に出たが、エマが戻ってきた。「あなたが私たちのためにしてくれたこと、そして今もしてくれていることに何度でもお礼を言うわ」ラウルを見る彼女の目は輝いている。「ずっとラ・ランサニューズに住んでいるのにお互いに知らなかったのが、とても不思議。でも今は、あなたやあなたのご家族をとても身近に感じているの。あなたのために特別で大切なことができたらいいのに」

ラウルはエマにほほえみかけた。彼女には昔のフルリーヌと同じやさしさと快活さがあって、心に響いた。美しいグレーの瞳には菫《すみれ》色の斑点こそないが、新しい髪型のおかげで姉に似ていた。

「エマ、君が僕のためにできることが一つある。自分の幸せを見つけてほしい。大事なことだから」

「幸せならもう見つけたわ」

フルリーヌは二人の会話を聞いていた。それからラウルにお礼を言うと、気持ちを整理するためにコリンヌの部屋へ急ぐ。明日の夜は自分のアパルトマンへ戻るつもりだった。イスキア島では別れを告げたものの、数分前、エマがラウルしか見えないという顔をするのを目にして動揺していた。こんなことになるなんて思いもよらなかった。

ラウルはエマにやさしくして、心臓がとまるくらいすてきな笑顔を向けただけだった。それでもほかの女性たちのように、妹も彼のそばを離れたくなくなったに違いない。ラウルみたいな男性には出会ったことがないはずだし、エマは二十四歳で、もう子供ではない。

昨夜エマとパレで話したときは、ラ・ランサニューズの温室で働く男性にほのかな恋心を抱いていると言われた。しかし、父親が別の男性と結婚させようと考えていたせいで、彼とつき合うチャンスはなかったらしい。

ところが今夜のエマはラウルのすばらしさについて際限なく語りつづけ、フルリーヌはうめき声をあげた。妹は私とラウルの関係を知らない。彼女はラウルに恋をしているのだ。なんとかしなくては。

手遅れになる前に、すべてを話そう。ラウルとエマがつき合うと想像しただけで、フルリーヌは息ができなくなるほど胸が痛くなった。

苦悩していると、マルティがやってきた。弟はパリのなにもかもに興奮していて、特に最初からラウルに心酔していた。「彼はすごい雄馬《セスト・アン・エタロン》だな！」

その言葉はマルティなりの表現で、ラウルをほめたたえていた。フルリーヌは弟の後ろを見た。「エマはどこ？」

「まだラウルと話しているよ。パリで暮らすならパレにいられないか頼んでた」

彼女は、妹を突き動かしているものがなんなのかよくわかっていた。明日、エマと真剣に話すことにしよう。でも、今日はもう休む時間だ。

フルリーヌはまたしても寝不足の夜を過ごした。

妹と弟の今後についてはなにも解決していなかった。パリへはラウルの発案で来たから、彼を完全に避けることはできない。少なくとも、今はまだ無理だ。

翌朝、約束の時間にジャン・ルイがやってきた。彼もラウルと同じくらいすてきな男性で、フルリーヌの妹と弟を魅了するすべも備えていた。適切な質問をされたり興味を示されたりで、エマとマルティはとてつもなく上機嫌だった。

食事をすませて、ジャン・ルイが周囲を見まわした。「ちょっと調べたら、君たち二人は高校を優秀な成績で卒業しているね。ということは、パリの大学に入る資格がある。ソルボンヌ大学に入って、一般教養の授業を取ることから始めてみてはどうだろう？　住むところは心配しなくていい。どうかな？」

「すごい！」エマとマルティが声をそろえて言った。

ジャン・ルイがゆっくりとほほえみ、フルリーヌはそうしたくなかったけれど、ラウルを思い浮かべた。

「よかった。それじゃあ、今すぐ出かけて、二人とも大学《トレビアン》への登録をすませてしまおう。授業は二週間前から始まっているが、きっと追いつける。このあと、ラウルが自動車販売店で出迎えてくれるから、それぞれ好きな新車を選んでくれ」

ラウルという名前を聞いて心が揺れ、フルリーヌは立ちあがった。「これ以上先に進める前に、母に事情を話して了解を得ないと」彼女は妹と弟を見つめた。

マルティが自分の携帯電話を取り出した。「今から母さんにかけて、スピーカーフォンにして話そう」弟はとても高揚した表情をしていた。なにがあっても考えを変える気はなさそうだ。

母が出ると、にぎやかな会話が始まった。ジャン・ルイが電話に向かって今までのいきさつを説明する。「あとはあなたしだいなんです、シモーヌ」

「あなたは私の子供たちに、かけがえのない贈り物をしてくれたのね。子供たちはもう心を決めているみたいだわ」

「ええ、そうなの」エマが言った。「ママンはそれでいい？」

「まともな母親ならいいと言うに決まってるわ」シモーヌが笑った。

「聞いてよ。今日僕たち、新しい車をもらえるんだ！」マルティが言った。

「私も自分の新しい車が大好きだわ、私の子供たち《メザンファン》。楽しんできてね。ありがとう、ムッシュー・カウセル。あなた方には心から感謝しています」

二人はまた興奮の声をあげた。「今夜、電話するわ」エマが言った。「愛してる、ママン」

二時間後、ソルボンヌ大学の学生課を出たジャン・ルイは、エマとマルティをカウセル自動車販売店まで連れていった。駐車場に車をとめると、ラウルともう一人の男性が歩いてきた。フルリーヌは後部座席から降りつつ、脈が速くなるのを感じた。

エマがラウルのもとへ駆けよった。「私とマルティがソルボンヌ大学に入学できたのは、あなたとあなたのご家族のおかげだわ」次の瞬間、妹は彼の力強い顎にキスをした。

ラウルは紳士的に彼女の肩をそっとたたき、ほかの人たちのところへ行った。「入学手続きが終わった君たちに、ここの責任者ピエール・アマンを紹介しよう。彼が君たちの質問に答えながら試乗もさせてくれる。気に入った車があったら言うといい」

「さっそく見せてもらいましょうか」フルリーヌは妹と弟を促した。ラウルやジャン・ルイのそばにはいたくなかった。「ムッシュー・アマンのお時間を無駄にはできないわ」

それから一時間、三人はピエールについて車を見てまわった。マルティがアルピーヌを選び、エマにも同じ車種にするよう説得した。妹は青のアルピーヌにし、弟はシルバーに決めた。

ピエールは彼らを店内に案内し、購入手続きをへて、すばらしい選択を祝福した。「明日の朝、またお越しください。整備と洗車をすませて、すぐに乗れる状態にしておきますから」

三人がジャン・ルイの車のそばで話しこむ兄弟のもとへ戻った。ラウルが三人に言った。「このあとなんだが、パレに戻って、セーヌ川でのディナークルーズへ行く準備をしないか?」

「嘘《うそ》でしょう!」エマが叫んだ。

「きっと気に入るぞ」ジャン・ルイが口を開いた。「僕が予約をしておこう」

ラウルがうなずいた。「建物はライトアップされているし、一度は経験するべきクルーズなんだ。僕の大好きなノートルダム大聖堂をはじめ、十七の見所をめぐるから歴史の勉強にもなる」

「夜のエッフェル塔もすばらしいしね」ジャン・ルイがつけ加えた。

マルティがエマを肘でつついた。「僕たちってラッキーすぎるね?」しかし、エマの目はラウルに釘《くぎ》づけだった。ほかのことはどうでもいい妹のように、フルリーヌは危機感を覚えた。

胸が締めつけられ、急いで車に乗る。あなたはなにを見たくないの? 彼女は心の問いかけに答えられなかった。パレに戻り、急いで部屋へ行くと、マルティも姉についてきた。

彼女は弟にきいた。「エマは?」

「大学の寮じゃなく、ここに住めないかラウルに話しているよ。シャワーを浴びて支度をするね」

エマが来るころには、フルリーヌは入浴してイブニングドレスに着替えていた。「遅いじゃないの」

「すぐ着替えるわ」

「マルティから聞いたけど、大学に通う間、このパレに住めないかってラウルに相談したんですって?」

「ええ。彼はかまわないと言ってくれたわ」

フルリーヌは大きく息を吸った。「決めるのは、パレを仕切っているジャン・ルイじゃないかしら。パリに来るなら、あなたとマルティには私と一緒に暮らしてほしいの。私のアパルトマンには客用寝室もソファベッドもあるから、いつまでだっていてくれていいのよ」

「でもマルティはパレが大好きだし、ラウルもここに住んでいるわ。いつでも私たちの助けになってくれると言ったし」

「エマ、あなたはわかっていないわ。ラウルがパレに泊まるのは、たまにパリに来るときだけなのよ。普段はラ・ランサニューズの大邸宅にいて、地所の監督をしているの」

妹が顔をしかめた。「なぜそんなふうに、パレに住むのがよくないことみたいな言い方をするの?」

まあ……。

フルリーヌは前かがみになってさらに言った。

「ママンの家で話したことを、あなたは理解できなかったようね。この建物は帰還兵のための宿泊施設になっているの。ジャン・ルイ・カウセルが立ちあげた、帰還兵を支援するための人道的プロジェクトの一環で。女性は一人も住んでいないのよ」

「でも――」

「でもじゃないわ、エマ。ラウルと彼の兄弟は私たち家族にすごくよくしてくれている。だけど、それは明日で終わりにしないと。車を受け取るまでにしましょう。カウセル家が私たちに与えてくれたものを考えてみて。これ以上、あの人たちを利用することはできないわ。あのご家族はあなたたち二人に車を買ってくれ、銀行口座を作ってお金をたくさん入れてくれ、一生の思い出になる夜も過ごさせてくれた。もう終わりにしなければならないのよ」

妹がベッドの端に座り、不満そうな顔をした。

「ラウルは今まで出会った中でいちばんすてきな人だわ、お姉さん。ラウルの前にいると私がどんな気持ちになるかわかる？　見るたび、すごくハンサムな彼のそばにいたくてたまらなくなるの」

うめき声を押し殺して、フルリーヌは椅子から立ちあがった。「カウセル家の三つ子は、女性をそういう気持ちにさせてしまうことで有名なの。ただ、あの三人の父親はとても立派な人だわ。ルイ・カウセルは長年、パパに酪農場を任せてくれていた。カウセル親子はまっとうですばらしい人たちなの。それにママンも言っていたけど、私たちとは住む世界が違う。敬意を表わないといけない人たちなのよ」

エマがドレスを取りにクローゼットへ向かった。

「ママンは、ラウルだけがまだ結婚していないって言ってたわ」

フルリーヌはなんとかして言葉を口から押し出した。「そうね。ラウルがパリに来ると、華やかな女性たちと出かけている姿がニュースになる。独身だからできることでしょうね」

妹が眉を片方上げた。「でももうすぐ、そうじゃなくなるかも」

だめ《ノン》。ありえない。

フルリーヌはおなかに力を入れて反論した。「そんなことは言わないで」

「なにがいけないの、お姉さん？　お姉さんはママンじゃないわ」

そのとおりだ。妹には私が母親のように過保護に思えたのだろう。フルリーヌはドアに向かった。

「そろそろ行きましょう。マルティが待っているわ」

ユモット家の人々を紹介するよ。フルールは〈エール・テック〉の優秀なソフトウェア・エンジニアで、エマとマルティは明日からソルボンヌ大学に通う予定だ。二人にとっては初めての経験になる」

「すてきね」シルヴィーが温かな笑顔になった。「なにかあったら、歴史学部のカウセル教授を訪ねるといいわ。私が力になるから。大学生活はきっと楽しいはずよ」

「ありがとう」二人が感謝する。

ラウルはシルヴィーの隣に座り、パスカルと彼の妻はその向かいに座った。ジャン・ルイはデュモット家の三人と向かい合っている。

ディナーが始まり、気さくないとことその妻がフルリーヌやエマやマルティと話す間、ラウルは心をとらえた女性から視線を離し、途方もない努力をしていとこ夫妻がぴったりだと言う女性に注目した。

シルヴィーはすてきな女性だった。ディナーの間、

7

「ラウル？」

パスカルの声が、キャピタン・フラカス号の大広間に座るおおぜいの人々の間から聞こえた。ラウルは立ちあがり、自分たちのテーブルへいとこを案内した。パスカルと一緒に来た彼の妻ジャネールは、魅力的な赤毛の女性を連れていた。

いとこを抱きしめて、パスカルが言った。「ラウル、こちらはソルボンヌ大学にいる父の新しい助手、シルヴィー・モロー博士だ。歴史学者で、専門はエジプト学だそうだよ」

「ブレイズ叔父さんは運がいい」ラウルはシルヴィーと握手をした。「ラ・ランサニューズから来たデ

彼らはシルヴィーの研究や、叔父のブレイズが著した最新の歴史書について話し合った。彼女はエジプト学の研究で充実した人生を歩んでいるらしい。船を降りたあと、ラウルは〝今度、パリに来たら連絡する〟と言った。

陸では二台のリムジンが待っていた。「感謝するよ、パスカル。また会おう」

笑顔のパスカルがラウルを抱きしめた。ジャン・ルイがパスカル夫妻とシルヴィーを送っていった。ラウルはマルティのあとからリムジンに乗りこんだ。そして、全員でサーモンにほうれん草とアスパラガスのムースを添えた料理を絶賛した。宮殿《パレ》に着くとラウルは彼らが降りる手伝いをし、一緒に中へ入った。「ではみんな、おやすみ」

エマが言った。「ちょっと待って。あなたにお礼が言いたいの」

「もう何度も聞いたよ。僕は明日の朝六時に空港へ行かなければならない。七時にジャン・ルイが車で来て、君たちを自動車販売店へ連れていくから」

「残念だわ」エマは動揺しているようだ。「いつパリに戻ってくるの？」

「仕事上、その質問には答えられないんだ、エマ。だが、君たちには弟とギイがいる」

ラウルはこの夜初めてフルリーヌに目を向けた。彼女は昨日の夜と同じ黒いドレスを着ていて、少し青ざめた顔をしていた。

「探偵のデニスが君とシモーヌに、ギャルベルの裁判について知らせてくれると思う」

「いろいろありがとう、ラウル」口調は本心から言っているように聞こえたが、穏やかではなかった。

「これは、僕たち家族が君と君の家族のために長い間したかったことなんだ。では、おやすみ。それと、これでお別れだ」

早く立ち去れ、カウセル。決して振り返るな。自分の身も心も魂も虜《とりこ》にしてしまう女性の目を見つめるのはもうやめろ。

ラウルはエレベーターに向かい、自室へ上がった。寝支度をしてからパイロットに電話する。それから地所のアシスタントにも連絡して、解決すべき問題について三十分ほど話し合った。おかげで、フルリーヌのことで頭の中がいっぱいにならずにすんだ。

前夜に撮ったエマとマルティの写真をシモーヌに送ったことを確認して眠ろうとしたとき、携帯電話が鳴った。かけてきたのはジャン・ルイだった。

「おまえには睡眠が必要じゃないのか？」

弟が笑った。「パスカルはおまえが今夜、自分の父の助手と意気投合したと思っていたぞ。たしかに魅力的な女性だったよな、兄弟《フレロ》」

「それはそうだが、いとこをがっかりさせたくなくて、僕は彼女を気に入った演技をしていたんだ」

ジャン・ルイがうなった。「やっぱり。フルリーヌとはどうなっているんだ？　地球の反対側にでも引っ越してやり直したほうがいいんじゃないか」

「いやだね。ギャルベルは刑務所だし、僕はラ・ランサニューズに戻れた。父さんは二十九年間独身を通し、母さんの代わりを求めなかっただろう？　僕がこの十年独身なのは、父さんにならうと決めたからだ。この親にしてこの子あり、さ。おやすみ。おまえには感謝している。明日の夕方にまた電話するよ」

ラウルは電話を切り、眠れるように祈った。

しかし、祈りは届かなかった。フルリーヌを生涯の恋人と決めた、地所での日々を思い出したからだ。すべての元凶である怪物ギャルベルのことを考えると、じっとしているのがむずかしくなった。別人になってしまったフルリーヌに、僕はなにもできない。彼は闇が迫り、自分の命を奪おうとしている錯覚に陥るほど苦しんでいた。

夜中になっても、フルリーヌはラウルが気になって眠れなかった。彼の別れの言葉が何度も何度も脳裏をよぎる。そのときのことを思い出すと、まるで槍《やり》で心臓を貫かれた気分になった。

私もラウルに別れを告げた。それなら彼が告げた別れを、私は受け入れなくてはならない。ラウルもやっと、私みたいな女は自分にふさわしくないと気づいたのだ。

フルリーヌは自分がしたこと、そのときラウルをどれだけ傷つけたかを想像して耐えきれなくなり、ガウンを羽織ってなにも考えずに寝室を飛び出した。明日の夜には、アパルトマンへ帰ろう。そのとき、ソファのほうから静かなすすり泣きが聞こえてきた。

「エマなの？」

妹が体を起こした。「ごめんね。起こすつもりはなかったの」

「気にしないで。私も眠れなかったから。どうして泣いているの？」

「お姉さんには関係ないわ」

「関係ないことないでしょう」フルリーヌはエマの向かいに座った。「なにがあったのか教えて」

「自分がばかみたいで」妹の声は震えていた。

「どうして？」

「今夜、なにがあったか見たでしょう？　彼女はラウルのいとこ夫婦とやってきて、彼の隣に座った。私、ラウルとじっくり話す時間があると思ってたの。一緒になにかしようと誘いたかったのに、彼女に独り占めされたせいでだいなしになっちゃった。彼は明日ラ・ランサニューズに帰るって言ってたわ。それがつらくて」

私も同じだわ。フルリーヌは思った。

「ラウルは地所の管理をしなくてはいけないのに、パパが逮捕されたあと、私たち家族の面倒を見るために時間を割いてくれた。でも、そろそろ戻らなくてはならないのよ」

「そうね。だから、ソルボンヌ大学に行くのはやめようと思うの。家に帰って、チーズ工場で働いたほうがいい。そのほうが彼にたくさん会えるし、私に興味を持ってもらえるかもしれないもの」

妹の言葉を聞いて、フルリーヌは座っていられずに立ちあがった。「一生に一度のチャンスをあきらめるつもり？」

「お姉さんにはわからないのよ。私、ラウルに恋をしてしまったの。会った瞬間から。どうかしていると思うかもしれないけれど、本当よ」

フルリーヌは目をきつく閉じ、自分の体を抱きしめた。「あなたを信じるわ。私も昔、同じ経験をしたから」妹に真実を伝えるときがきたのだ。

「誰に？」エマが尋ねた。「どうして実家にいる間に話してくれなかったの？」

「話す心の準備ができていなかったからよ。彼に恋したのは小学生のときだった。彼は私より一つ上で、休み時間のたびに一緒に遊んでいたわ。毎日、クリスマスを待つように休み時間になるのを待ったものよ」

「かわいい」

「彼は学校でいちばんすてきな男の子だった。私は毎晩、彼の夢を見ていたわ」

「本当に？　私は四年生になるまでそんな経験がなかったわ。学校からの帰り道、温室の前を歩いているときにヴァンサンに出会うまで。彼も本当にすてきだった。何度か温室で会ったんだけど、誰かがパパに私たちのことを告げ口したの。そしたらパパは、おまえはもうすぐパパの選んだ人と結婚するんだから、ヴァンサンには会うな、と私を脅したのよ」

フルリーヌは身震いした。「ひどい話ね。だけど、私の身に起こったことに比べたら全然ましだわ」

「なにがあったのか話して」

「私の人生の中心は彼だった。彼に会えないと、一日がだいなしだった。だから、一緒に授業が受けられる中学生になる日を待ちわびたわ。歴史の授業の日は天国だった。隣には座れなかったけど、彼がノートを渡してくれたから。それだけですごくうれしかった。やがて彼は、学校からの帰り道で私を待っているようになったの。そして、フェンスのそばでおしゃべりして帰った」

「彼とこっそりどこかに行ったことはある？」

「一度もないわ。パパが怖くてしかたなかったから。彼からパリのビジネススクールに行くと言われたときは最悪の気分だった。死ぬかと思ったわ。そして、彼は干し草小屋で最後に会ってくれと私に頼んできたの」

「なんてひどい話」

「そのときの苦しみは、あなたには決してわからないと思うわ。とにかく、私は彼にお別れのプレゼントとしてマナラを作り、自転車で小屋に向かった。彼は私と自転車を中に入れて扉を閉めた。誰も見ていないところで二人きりになったのは、その日が初めてだったわ」

エマが背筋を伸ばした。「それで？」

「彼は私にキスをし、プロポーズをしたの」

「えっ？」

「彼はクリスマスには帰ってくると言った。私はそのころにちょうど十八歳になるから、家を出て結婚できるようになる。彼は永遠に私を愛し、面倒を見ると約束してくれたわ。すごくうれしかった。でも、幸せは長く続かなかったの」

「どうして？」

フルリーヌはまた身震いした。「パパが干し草小屋に来たからよ。しかもライフルを持っていて、私たちをまっすぐ狙っていたの」

「ああ、お姉さん――」

「パパは言ったわ。〝娘から手を離せ。さもなくばこの場で撃ち殺す〟って」

エマがソファから飛びあがって姉を抱きしめた。

「どれほど恐ろしかったか想像もつかないわ。パパがおかしいのは知っていたけど、お姉さんを脅すなんて！」

「本当に恐ろしかったわ、エマ。パパは私に、トラックに乗るように命じた。家に帰り着く前に吐きそうになったわ。その夜、パパがスイスの伯母さんのもとへ私をやったから、彼がどうなったかは後日知った。パパは私が結婚したと嘘《うそ》を触れまわっていたの。ひどすぎるわ」

「お姉さんは結婚するために遠くへ行った、とママンが言ったのは覚えているわ。私にはわけがわからなかった」

「そうよね。私は伯母さんの家に監禁されていたんだけど、クリスマスの日にママンがくれたお金のおかげで脱出できたの。ママンは送ってきたプレゼントに、愛する彼が無事だという手紙も忍ばせていた。私は電車でパリへ行き、新しい人生を始めるために名前を変えたわ。そうすれば、パパには見つけられないから」

エマが身を離した。「十年も前のことでしょう。その彼って誰なの？　せっかく話してくれたなら、全部教えて」

ここからが大変だ。「その彼がラウルなの」

薄暗い中で、妹の表情がゆがんでいくのがわかった。エマは一分ほど歩きまわったあと、くるりと振り返った。「今夜一緒にいたラウル・カウセルが？」

叫び声は居間に響いた。「彼がお姉さんにプロポーズしたの？　どうして私が彼を愛していると言ったときに、すぐに教えてくれなかったの？」

フルリーヌは深呼吸をした。「過去の話だからよ。

十年ぶりに会った私たちは、人生の方向性が違っていた。もう恋人同士じゃなかったの」

エマがかぶりを振って姉を見つめた。「それほどの愛が消えてしまうとは思えないわ。それがラウルが結婚しない理由で、私たち家族にとてもよくしてくれる理由なのね。なぜあんなに非凡で、この世のものとは思えないほどすてきな人が、私たちにいろいろしてくれるのか理解できなかったの。やっと理解できたわ」

「エマ――」

「彼はまだお姉さんを愛してるんでしょう？　ねえ、正直に言って」

フルリーヌは目をそらした。「パリで偶然会って、私が結婚していないと知ると、彼は十年前の関係に戻りたいと言ったわ。でも、私はもう昔と同じ人間ではないから無理だと拒んだ。彼には彼の人生があり、私には私の人生があるからって」

妹が首を横に振った。「ラウルと結婚するより、パリでソフトウェア・エンジニアとして働いたほうがましだったの？　正気？」妹の声がふたたび響いた。「あんなすてきな男性に出会えるなら、私はなんでも差し出すのに。彼に夢中になる前に、二人の関係を知っていたらよかった。本当にばかみたい」

「そんなことないわ、エマ。決してそう思わないで。私が悪いの」フルリーヌは妹が傷ついているのに気づいた。「パレに来る前に言っておけばよかった。でもママンに、パパのことが解決するまでなにも言わないでと口どめされていてできなかったの」

「そうね、もう秘密はなくなった。パリでどうやってラウルと再会したのか、知りたいわ」

「座って。全部話してあげるわ」

それから三十分かけてフルリーヌは説明した。話しおえたとき、マルティがどこからともなく現れた。弟がほほえんだ。「探偵がチーズ工場から家まで送ってくれたときからなにがあったのか、やっとわかったよ。あそこで働く誰もが、どうしてラウルが独身なのか首をひねっていたんだ。ラウルが愛しているのが姉さんだったなんて、今まで聞いた中でいちばんすごい話だな。最高だよ」

「でも、十年も前の話だわ」

「ラウルがずっと独身でいるのも不思議じゃないな。だって、相手が姉さんなら誰よりお似合いだし。それで、なにが問題なの？　もう愛し合っていないなんて嘘だ。十代で恋に落ちたんだろう？　そういう愛は決して消えないんだ」

「ああ、マルティ！」フルリーヌは弟を強く抱きしめた。「私は残酷に拒絶して、ラウルを傷つけてしまったの。彼は決して許してくれないわ」

「そんなわけないよ。親父《おやじ》は僕たちに車なんか与えず、大学の学費だって出してくれなかった」

フルリーヌはうめき声をあげた。「パパは怪物だったけど、ラウルや彼のご家族は私たちを助けてくれたすごく親切な人たちよ。でも、私が欲しいのは感謝じゃないの」

マルティは顔をしかめた。「話をちゃんと聞いてた？　ラウルがいろいろしてくれたのは僕たちのためじゃないよ。姉さんに恋いこがれているからだ。そのことが理解できないくらい姉さんの頭が固いなら、彼の相手にふさわしくない」

「あなたはなにもわかってないのよ。ママの言うとおり、ラウルと私は住んでる世界が全然違うの」

「そんなのばかげた考え方だよ。わかるだろう？　もしママンの言葉が本当なら、なぜ彼は十八歳で姉さんにプロポーズしたの？　当時も彼は僕たちの暮らしぶりを知らなかったわけじゃないし、姉さんを追いかけるとき、自分がなにを求めているのかよくわかっていたはずだ」

「マルティの言うとおりよ」エマが言った。「弟の話を聞いて」

マルティが近づいてきた。「ラウルは、親父がまだみんなを恐怖で抑えつけていたときに、姉さんとこっそり会っていたんだろう？ あれから十年たった。あいつはラウルのおかげで刑務所に行き、ラウルはまだ姉さんを求めていて、ラ・ランサニューズに住んでいる。なぜ尻ごみしてるんだ？」

フルリーヌはソファから立ちあがった。「彼を深く傷つけてしまったからだわ」

「それなら、確かめる方法は一つしかない。ラウルのところへ行くことだ」

「もうラウルの話はやめて。今はあなたたちのことが心配なの。もう二、三時間眠ったら？ 明日私はタクシーでアパルトマンへ一度戻って、七時に自分の車で迎えに来るわ。そして販売店で新車を受け取ったあと、大学へ行く前に私のアパルトマンへ連れていくから自分の目で見てみて。もし気に入ったなら、ぜひ一緒に住んでほしいわ。そうでなければパレにはいられないから、学生寮に入ることになると思う。でも、今は少し眠って。二人とも心から愛してる。エマ、話さなかったのはあなたを傷つけたくなかったからだったとわかってくれる？」

「私もお姉さんを愛しているから大丈夫。心配しないで。ラウルを追いかけるなら今よ。けれど、あまり長くは待てないわ」

「エマの言うとおりだ」弟が寝室に向かった。

フルリーヌはすっかり眠れなくなってしまった。ラウルに対する気持ちに向き合わざるをえなくなっていた。妹と弟は正しいの？ ラウルとつき合うチャンスはまだある？ それとも母の忠告のほうが正しくて、ラウルとは距離を置いたほうがいい？ そんな疑問に苦しんでいた。

朝早くに荷造りをしてタクシーを呼び、八時十五分に大邸宅の表へ出た。けれどラウルの姿はなく、車もなく、フルリーヌの苦悩はいっそう深くなった。自分のアパルトマンへ帰り、冷蔵庫からコーラを出して飲むと、また車に乗ってパレへ戻り、妹と弟の荷物を受け取った。

一時間以内に三人は自動車販売店へ車を取りに行き、フルリーヌのアパルトマンへ向かった。そして当分はそこに住むと決め、二人は大学へ出かけた。

フルリーヌはベッドに横たわり、母に電話をかけた。「ママン、ブーランジェリーでの仕事は決まったの?」

「ええ。今、働いているところ」

「最高のニュースだわ。すごい」

「奇跡だと思うわ。ラウルから、あなたたちがエッフェル塔へ食事に行ったときの写真が送られてきたの。まさに幸せな家族の姿だった。彼ってすばらしい人ね」

「だから電話したのよ。ママン、エマとマルティから聞く前に知っておいてほしいことがあるの。話しても大丈夫?」

「今は一人だからいいわ」

「エマとマルティは車で大学へ行ったけど、あとで私のアパルトマンに戻ってくるの。二人ともしばらくは私のところにいるつもりらしいわ」

「すばらしいわね。それで、なにが心配なの?」

息を吸ったフルリーヌは、エマがラウルに恋心を抱いていると話した。話しおわると、母は忍び笑いをもらした。

「かわいそうに。でも、ラウルと出会ってからまだ二日でしょう? エマはあなたを愛しているから、時間がたてば立ち直るわよ。ラウルは生きている女性全員の心を奪ってしまうような人だけど、あなたと彼は十代のころに恋に落ちた。それで、ラウルはほかに愛する女性を見つけられなかったのよ」

フルリーヌは震えた。「問題はそこなの、ママン。

なのに私はイスキア島で結婚を申しこまれながら、ラウルとの関係を終わらせた。ソフトウェア・エンジニアとしての人生を愛していて、いつか自分の会社を作りたかったの。そう言ったせいで、私は彼をひどく傷つけてしまった。彼は二度と私を許さないと思う」

長い沈黙のあと、母が口を開いた。「あなたは十年前に私が送った手紙のことを思い出して、ラウルにそう言ったのね？　あのときはあなたが傷ついているのがわかっていたし、ラウルを愛しすぎてだめになってほしくなかった。だから男性には頼らず、人生の成功者になりなさいと忠告したのよ。私がなぜこんなことを話してるか、あなたはきっとわかっているわよね？　ラウルはあなたと私たちのために、どんな犠牲も払うほどあなたを大切に思っている。もしあなたがラウルのところへ行って拒絶した本当の理由を説明すれば、彼はもう一度あなたに恋をすると思うわ」

フルリーヌは涙をこらえることができなかった。

「ゆうべ、マルティも同じことを言ってた」

「私は優秀な息子を育てたのね」

「もう手遅れなんじゃないかしら？」

「ばかね。人生、誰にでも二度目のチャンスがあるわけじゃないわ。もう一度、母親としてあなたに知恵を授けるとしたら、ラ・ランサニューズに帰ってきて、ラウルへの愛が生まれたこの場所で人生をやり直しなさい。三つ子のほかの兄弟と同じで、ラウルの心はここにあるの。彼は故郷から離れたくないのよ。もしあなたが帰ってきて落ち着いたところを見せたら、彼なしでは生きていけないことが伝わるんじゃないかしら。それが、あなたが命よりもラウルを愛しているという証拠になるわ」

どきどきする胸をかかえて、フルリーヌはベッドに腰かけた。「もしそれが本当なら……へエール・

テック〉を辞めなくちゃいけなくなるわ」

「それなら、なにをぐずぐずしているの？」

フルリーヌはすでに心を決めていた。「話せてよかった。ありがとう。ママンのアドバイスで、一度私は救われたわ。ラウルへの私の愛が本物なら、また救われると思う。ママンが新しい仕事を始めたことがすごくうれしい。どうするか具体的になったら電話するわね。ラ・ランサニューズに帰ってまた一緒に住んでも、ママンはかまわない？」

「ここはあなたの家でもあるのよ。これからもずっとね」

電話を切ったあと、フルリーヌは身支度を整え、車で〈エール・テック〉に向かった。ボスはどうしたのかと思うに違いない。建物の中に入るとフィリップのオフィスに直行し、部屋の中をのぞきこんだ。

最高経営責任者《CEO》が笑顔で迎えた。「ローラ！　やっと戻ってきたね！」

「予想以上に長くかかりました。いろいろありすぎて、なにから話せばいいのかわからないくらいです」

「座って話してくれないか」

フルリーヌはフィリップの向かいに座った。「あなたほど親切で、理解のある雇用主はいません。この五年間私を雇い、チャンスを与えてくれたことには感謝をしてもしきれないと思っています」

彼の顔から笑みが消えた。「君は私を見限るつもりなのかな」

「そうしなければならないんです。心から愛している人と一緒になるためには、生まれ故郷へ戻らなければなりません。彼の生まれ故郷でもあり、仕事をする場所でもあり、我が家でもある土地へ。その人と生涯をともにしたいなら、パリにはいられないんです。でも、後任が見つかるまでは会社にいます」

「君の代わりをさがすのは不可能ではないかもしれ

ないが、むずかしいだろうね」

「そんなわけはありませんが、そう言ってもらえてうれしいです。これからすぐ仕事にかかります。あなたが適切な人を見つけるまで」

フィリップが身を乗り出した。「雇ったときから、なぜ君は他社に引き抜かれないのだろう、と思っていたよ。だが君からはやる気持ちや喜びが伝わってくる以上、幸せになるじゃまをするつもりはない。会社を辞めたいというなら、明日かあさって付けで退職していい。君は早くそうしたいみたいだからね。その男はとても幸運だな」

フルリーヌは目を輝かせた。「ありがとうございます、フィリップ。このご恩は忘れません」彼女は実家の住所を書いてCEOに渡した。

フィリップのオフィスを出ると、二階の自分のオフィスで家主に電話をかけて、パリを離れなければならないと告げた。しかし弟と妹がソルボンヌ大学に通っているので、引き続き今のアパルトマンを借りられないかきいてみる。二人で住むということで家賃も多めに払うと申し出た。

家主の老夫婦は残念がったものの、フルリーヌのきょうだいが部屋を借りることは喜んだ。通話を終えた彼女は荷物を片づけ、〈エール・テック〉をあとにした。ポールが社外で仕事をしていて、彼女を目にする機会がなかったのは幸いだった。

そのあとは車で自宅に戻って荷造りをした。長い年月をへて、ついに念願の故郷に帰れるのだ。ふるさとでラウルと再会すると思うと、胸が高鳴る。フルリーヌは母の最後の言葉にすべてをかけていた。

〝もしあなたが帰ってきて落ち着いたところを見せたら、彼なしでは生きていけないことが伝わるんじゃないかしら〟

8

ラウルは二週間以上前からラ・ランサニューズに戻り、仕事に没頭していた。しかしいくら働いてもフルリーヌのことが頭から離れず、苦しくてしかたなかった。この地獄はいつまで続くのだろう? ある日の午後、畜産物報告書の数字を見ていると、ダモンが小さな白い箱をデスクに置いた。

彼はアシスタントを見つめた。「これは?」

「おやつを買ってきました」ダモンが箱を開け、チョコチップを飾ったマナラを取り出してかじった。

「食べたことありますか? 新商品らしいんですが、いくらでも食べられますよ」

大好物を見て胸が締めつけられ、ラウルは目をきつくつぶった。そして椅子から立ちあがり、深呼吸をした。「どこで買ったんだ?」

「〈ボーシャン〉です。ラ・ランサニューズではそのブーランジェリーがいちばんなので」

「応対は誰だった?」

「オーナーのモーリーンです。ほかに誰が? どうしたんです? 幽霊でも見たような顔をしていますよ」

僕は正気を失っているのかもしれない。「ちょっと出てくるが、すぐに戻ってきてマナラを食べるよ。ありがとう、ダモン」

ラウルはオフィスを出てトラックに乗り、猛スピードで町へ向かった。何年も前から〈ボーシャン〉ではパンを買っているが、マナラがあるとは知らなかった。ましてやあのマナラにはチョコチップが使われていた。マナラにレーズンではなくチョコチップを使うのは、世界でたった一人だ。

数分後、車をとめて外に出たが、〈ボーシャン〉のドアには〝閉店〟の札がかかっていた。ラウルは恨み言を言いながらトラックにまた乗りこんだ。目をこすり、エンジンをかけて、オフィスへ戻る。

大邸宅へ帰る前に、ダモンが買ってきたマナラを食べてみよう。フルリーヌのマナラではないと確認できれば、落ち着きを取り戻せるに違いない。

アシスタントは帰宅していたので、ラウルはオフィスに一人だった。デスクの上にある箱を開け、中に手を入れる。

ひと口食べたとたん、十年前の干し草小屋にタイムスリップしたかと思った。ふた口で平らげ、もっと食べたくなる。僕の勘違いじゃない。つまり、〈ボーシャン〉はフルリーヌが母から教わったレシピを手に入れたのだ。

家に帰る前にシモーヌに電話をかけたが、応答したのは留守番電話だったので、話したいことがあるからかけ直してほしいと伝言を残した。

大邸宅に戻っても食欲はなく、自室へ向かった。そして電話が鳴るのを待ったものの、何度鳴っても相手はシモーヌではなかった。ようやくベッドに入ったあとも残念ながら熟睡できず、早朝に目が覚めてしまった。だから、出社前にブーランジェリーへ行くことにした。

「ラウル・カウセル！」二十分後、店に入ると声をかけられた。「久しぶりね。どうしたの？」

彼は店主にほほえみかけた。「おはよう《ボンジュール》、モーリーン。昨日の夕方、僕のアシスタントがこの店の菓子パンを持ってきてくれてね。すごくおいしかったから、自分でも買いに来たんだよ」

「うれしいわ。どれかしら？」

「マナラだ。新商品らしいね。僕の大好物なんだよ」

「長く来てくれているのに、マナラが好きだったたな

ん て知らなかったわ。言ってくれればよかったのに。

新しい従業員が作っているの」

「僕の知っている人かな?」

「シモーヌ・デュモットよ」

シモーヌ? これは予想外だった。

「いつ雇ったんだい?」

「二週間ほど前ね。彼女のご主人が逮捕されたあと よ。優秀なパン職人の彼女を、ほかの店より先に雇えてラッキーだったわ。オラスは覚えてる? 彼は引退しちゃったから」

ラウルはうなずいた。「今、マナラはないのかな?」

「ごめんなさい。あっという間に売り切れて、私もびっくりしてるの。あの味が好きなのはあなただけじゃないのよ。閉店までに来てくれれば、箱に入れて用意しておくわ。何個食べたい?」

「十二個頼むよ」ラウルは財布から紙幣を取り出し、カウンターに置いた。「ありがとう」

「わかったわ。来てくれてうれしかった。また夕方にね。すてきな一日を《ビアン・スール》」

「君も、モーリーン」

ラウルは店を出て仕事に向かった。頭にはモーリーンの話が焼きついていた。シモーヌはすばらしい女性だ。さっそく、ラ・ランサニューズでいちばんのブーランジェリーで働いているとは。同じ意欲は娘にも受け継がれている。スイスからフランスに逃れたフルリーヌは、大学に行くためにパンや菓子を作って費用を稼いだ。そしてどんな職業に就きたいか考えて、優秀なソフトウェア・エンジニアになった。

ギャルベルの束縛から解き放たれ、娘も母も新しい世界へ飛びたったのだ。シモーヌが被害者に甘んじるのをやめたことは喜ばしい。彼女は何年も前からパン職人になりたかったのだろう。その夢を実現するために、夫を追い払った。

ラウルはなにも知らなかった。しかしよくよく考えてみれば、シモーヌは十年前、娘が絶望的な状況から抜け出す手助けをしていた。フルリーヌが父親から無事に逃げ、人生をかけられるほど大切な仕事に就いて活躍できるよう計画を練っていたのだ。

僕と一緒にいるよりも。

ラウルは胸が苦しくなった。デュモット家の女性たちをとめられる者はいない。僕の頭の中はフルリーヌでいっぱいだが。

同じ日の午後四時十五分、ラウルはオフィスを出て大好物を手に入れるためにブーランジェリーに向かった。しかしマナラを受け取って帰る前に、トラックに乗って裏手にまわる。そこにはルノーがとまっていて、彼はシモーヌが裏口から出てくるのを運転席で待った。

フルリーヌの母が現れると、すぐさま降りて、彼女のほうへ歩いていった。「シモーヌ？」

「ああ、ラウル、こんばんは《ボンソワール》！　今夜、電話しようと思っていたの。昨日の夜は友達と会っていて、携帯の電源を切っていたのよ。すぐにかけ直さなくてごめんなさいね」

シモーヌにはすでに楽しい時間を過ごす仲間がいるのだ。彼の心は温かくなった。

「謝らないでください。ここであなたに会えただけでじゅうぶんです。モーリーンから、あなたが〈ボーシャン〉に採用されたと聞きました。フルールも、あなたは世界でいちばんの料理人だと言っていた。オラスの後任として働くなんてすごいですね」

「ありがとう。とてもうれしいわ。あなたのほうはどうなの？」

この女性が僕の苦悩を知っているわけがない。

「元気です。エマとマルティからなにか聞いていますか？」

「遅れを取り戻すために大変な苦労をしているみたいよ。でも、いいことだと思っているわ。あなたやご家族のすばらしい配慮のおかげで、あの子たちはようやく、ずっと私が望んでいた教育を受けることができるようになったんだもの。お返しできるとはとても思えないけど、がんばって考えるわ」

ラウルは頭を振った。「シモーヌ、前にも言いましたが、あなたの善意と犠牲のおかげでみなが安全でいられたんです。僕たち家族はいくら恩返ししても足りませんよ。どれだけ財産があっても、あなたの勇気にはかないません。酪農場でギャルベルが捕まるまで、愛情深くしっかりと家庭を守るなど誰にでもできることではありませんよ。ところでギャルベルといえば、彼の判決が来週に下されることが今日わかったんです。弁護団は、できるだけ早く判決を出して裁判を終わらせるよう裁判官に強く要請しています。気が進まないなら、あなたは傍聴しなくても大丈夫です」

「私には無理だわ、ラウル。あの人にはもう二度と会いたくないの」

「よくわかります」

シモーヌが身を震わせた。「十六歳のとき、あの男に殺されそうになったことがあるの。裁判が終わると聞いて、最高にうれしいわ」

ラウルは手を伸ばし、彼女を腕の中へ引きよせた。「あなたの悪夢は終わったんです。地所の誰もが安《あん》堵《ど》の表情を浮かべていますよ。もしなにか必要なことがあったら、僕に電話してください。いつでも駆けつけますから」

シモーヌがラウルの頬にキスをした。「あなたに神の祝福がありますように、ラウル」

彼女をルノーに乗せたあと、ラウルは大邸宅に向かって自分の車を走らせた。十月になって空気はさらに涼しくなっていた。こんな生活にいつまで耐えられるのだろうかと思う一方で、今の猶予をありがたいとも思っていた。フルリーヌを忘れられない自分に腹もたてていた。いったいどうしてなんだ？

一週間前、フルリーヌはパリからラ・ランサニューズに車で帰ってきて実家で暮らしはじめた。エマとマルティを置いてきたことについては、なんの心配もしていなかった。二人は家主の老夫婦と知り合い、大学に通いながらアパルトマンで楽しく生活しているようだった。

しかし残りの私物を取りに〈エール・テック〉に行ったとき、フルリーヌは不快な出来事に見舞われた。ポールは彼女が退職すると聞いて、理由を知りたがった。なので会社を辞めるのは実家に帰りたいからで、彼との友情に感謝し、幸せを願っていると伝えた。ところがポールはフルリーヌの答えが気に入らず、車までついてきた。

かわいそうなポール。彼には助けが必要だ。フィリップが雇った新しい男性ソフトウェア・エンジニアと、仲よく働けるといいんだけれど……。

「フルール？」

母が仕事から帰ってきた。

「キッチンにいるわ。夕食の支度をしているところなの」

「いい匂いがするわね」

フルリーヌはほほえんだ。「このチキンの炒《いた》め物が好きだといいんだけど。友人のデリーヌに教えてもらったレシピなの。パリでよく作っていたのよ」

母がキッチンに現れた。「きっと好きだと思うわ。それよりすばらしいニュースがあるの。モーリーンが、私の助けになるならあなたを喜んで雇うそうよ。明日から来てほしいって」

フルリーヌは駆けよって母を抱きしめた。「彼女はママンがすごく大切なのね」

雇われてから、私のパンがどんどん売れているの。それが功を奏したんだと思うわ」

「当然ね」

「一番人気はなんだと思う？」

「シナモンのシュトーレン？」

「惜しいわ。マナラよ」

「ラウルも大好きなの」

「そうね。昨日、彼のアシスタントが買ってくれたみたい」

フルリーヌは両手で胸を押さえた。「もしラウルがママンのマナラだって気づいたら――」

「もう気づかれてるわよ。夕方、ブーランジェリーの裏でラウルが私を待っていたから」

フルリーヌは、あっと声をもらした。

「ラウルは、私が電話に出なかった理由を知りたがったの。私は嘘《うそ》をついて、友達といたから携帯の電源を切っていたと答えたわ」

「まあ」

「心配しないで。彼は気を悪くせず、私に最高の知らせをくれたわ。ギャルベル・デュモットに判決が下されるのは数カ月後ではなく、来週になるそうよ。それもこれもラウルとカウセル家の力でしょうね。刑が執行されるのも遠くはないはずだわ」

「奇跡みたい」

「本当ね」母が目をぬぐった。「でも、奇跡は一つだけじゃないわよ」

「どういうこと？」

「ラウルはマナラを作ったのが私だと知っていたの。次に彼が我慢できずに買いに来たら、あなたが働いているのに気づくでしょうね。そうしたらどうなるかしら？」

フルリーヌはなんとか息をした。「ママンは、私が彼をどれだけ傷つけたか知らないから」

「そうね。彼はマルティとエマのことは尋ねたけど、話している間、あなたのことには触れなかった。それは、あなたを忘れようと努力している確かな証拠だと思うわ。まだ遅くはないんじゃないかしら？　あなたは今の状況を好転させるために帰ってきたのでしょう？」

「ママンの言うとおりだといいんだけど」

母が腰に手をあてた。「パリで働くのをやめて、ほかのどこでもなく故郷のブーランジェリーで仕事をしていると知ったら、ラウルは驚くはずよ。今度こそ正しい結末になるわ。私を信じて」

「そうなるように私も祈ってる」

「二人で祈りましょう。さて、おなかがすいたわ。夕食にしましょうか」

十月中旬、ラウルと三つ子の兄弟はパリの裁判所を訪れた。何年も待ち望んでいた日がやってきたのだ。修道院の修道士たちやカウセル家の地所、そしてラウルと彼の家族に対して犯した罪に対して、今日、フルリーヌの父親に判決が下される。

裁判長が長い罪状を読みあげ、被告人に起立を命じた。「当法廷はギャルベル・デュモットには終身刑を宣告し、パリのサンテ刑務所に再拘留することとする。仮釈放は認められない」

判決を聞いた三つ子は抱き合い、ギャルベルを捕らえる手助けをしたクロード・ジローとジョルジュ・ドゥロングも抱擁した。

ギャルベルは足首を鎖で、手首を手錠でつながれて裁判所から連れ出された。許せない相手ではあるが、フルリーヌの父親だという事実は覚えておく必要がある。

ギャルベルの背後でドアが閉まったとき、ラウルは一つの時代が終わったのを感じた。だが、これからどうなるのだろう？　今日はラ・ランサニューズへ帰って、父に結果を報告するつもりだ。そのあとは一日一日を大切に生きていくしかない。

ラウルたちは空港までリムジンで行き、帰路についた。夕方には父と家族全員がダイニングテーブルを囲んで、裁判の詳細に耳を傾けた。ラウルが説明したのちは、父が話をし、それからようやく夕食となった。

ルイが言った。「今日という日に感謝し、ひと言だけ言わせてほしい。私たちは自分がまいた種を刈り取らねばならない。だとしたら最高の種をまこうじゃないか」

「アーメン」みなはつぶやいて食べはじめた。

いちばん上の姉コリンヌがラウルを見つめた。

「ニコラの話では、今日の裁判にデュモット家の人たちは一人もいなかったそうね」

彼が咳《せき》ばらいをした。「そうなんだ。自分には無理だと、シモーヌが先週言っていた」

「私たちでは想像もつかないほどなんでしょうね」

三番目の姉イヴェットが口を挟んだ。「そういえば、友達のマリーが昨日〈ボーシャン〉でフルールを見たと言ってたわ。彼女、パリで働いているんじゃなかった？」

ラウルはコーヒーカップを落としそうになった。姉たちがフルリーヌを話題にするのをやめてくれますようにと天に祈ったが、願いはかなわなかった。

「そうだよ。姉さんの友達が勘違いしたんじゃないかな」

「いいえ」イヴェットが食いさがった。「マリーは、誰かがフルールと呼ぶのを聞いたと言ったわ。でも十年たってすごい美人になってて、フルールとはわからなかったんですって」

二番目の姉アンヌもうなずいた。「フルールも妹のエマもかわいい女の子だったからわかるわ」

三つ子の兄弟がラウルに同情の視線を送った。フルリーヌがラ・ランサニューズに戻ってきたという驚くべき知らせに、ラウルがつらい気持ちになっているのを察したのだろう。たしかに、予想もしない話だった。

ギャルベルに判決が下るまで、フルリーヌはシモーヌについていようと思ったに違いない。だから、母の仕事場にも顔を出したのだろう。たぶん一日か二日後には、パリに戻るはずだ。彼女が帰ったら、シモーヌのようすを見に行こう。

フルリーヌの話題に耐えられず、ラウルは椅子から立ちあがった。「悪いんだが、寝る前に片づけないといけない仕事が残っているから」

大邸宅を出て車に乗り、オフィスに向かった。しかし途中で左に曲がり、デュモット家をめざす。フルリーヌに会うわけにはいかないのに、立ちよりたくてたまらないとはどうかしている。

それに、フルリーヌには会いたくないのに。彼女に拒絶されたことで、僕は死ぬまで悩みつづけるに違いない。やがてデュモット家へ続く道路に差しかかり、車のスピードを落とした。

いったい僕はなにをしているんだ？

頭がおかしくなってしまったのか？

ラウルは車の向きを変えようとした。そのとき、シモーヌのルノーの後ろに緑色のプジョーがとまっているのに気づいてブレーキを踏んだ。

あれはフルリーヌの車だろうか？

いらだちを抑えつけ、ラウルは車をオフィスへ向けた。そこなら感情を隠さずにすむし、仕事の遅れも取り戻せる。フルリーヌのためにいろいろ後まわしにしていたが、これ以上放ってはおけない。

帰りの飛行機の中で、ラウルとニコラは地所内に家を建てるジャン・ルイとフランソワーズの手伝いをすることになった。それと地所の管理の仕事があれば、しばらくは忙しくしていられるだろう。その先のことはあえて考えまい。

一週間後、ラウルは用事があって外出したあと、シモーヌに会いに〈ボーシャン〉へ行った。しかしモーリーンは不在だったうえ、見知らぬ店員からシモーヌは休みだと告げられた。ここまで来たので、帰りにシモーヌの家に寄ってみよう。

「なにを差しあげましょう？」

「マナラを十二個ください」

「マナラは作ってもすぐなくなっちゃうんです。奥にあるかどうか見てきますね」

ラウルが携帯電話のメッセージを確認している間に、女性がカウンターに戻ってきた。頭を上げると、一対の菫《すみれ》色の瞳がこちらを見つめていてどきりとする。「フルリーヌ！　ここでなにをしている？なぜ〈ボーシャン〉のエプロンをしているんだ？」

その言葉に動揺したのか、彼女の表情がゆがんだ。

「私がいるのを知っていたの？」

「ああ」ラウルは自分の感情との闘いに敗れた。「先週姉から、友人が君をここで見たと聞いたんだ。お母さんは変わりないかい？」

フルリーヌが唇を噛《か》んだ。その美しい顔と寝ても覚めても求めてやまない口元に、彼の視線は釘《くぎ》づけだった。「とても元気にしているわ」

彼は体重を移動させた。「ギャルベルは刑務所に入ったが、君は平気なのか？」

「母と同じで、父が二度と私たちを傷つけられないなら、これ以上幸せなことはないわ」

つらい言葉だ。「君の気持ちを知れば、僕の家族も喜ぶよ」

「でも、あなたは違うのね？」フルリーヌの表情は打ちのめされていて、ラウルは驚いた。

「どういう意味だ？」

彼女の顔には悲しみが浮かんでいた。「一週間以上前から私がここにいると知っていたのに、一度も来てくれなかったんだから」

彼は理解できなかった。「どうしたんだ、フルリーヌ？　僕たちはイスキア島で別れた。なのに、なぜ君に近づかなければならない？」

フルリーヌがラウルの視線を避けた。「そうよね。近づかない理由はいくらでもある。でも、私はあなたがこの店に来ますようにと毎日祈っていたの。私、母の助手として雇われたのよ」

その告白は、ラウルに稲妻に等しい衝撃をもたらした。「つまり、シモーヌは君に手伝いを頼んだのか？」

「違うわ。私が〈エール・テック〉を辞めて実家に戻ったの」

ラウルは震える手で髪をかきあげ、言われたことを理解しようとした。「戻ってきたのは、シモーヌの体調がよくないからなんだね」

「違うわ、ラウル」フルリーヌが反論した。「戻ってきたのは自分のためで、私がそうしたかったからなの」

ラウルはとまどいもあらわに、彼女をじっと見つめた。「それなら、体調がよくないのは君のほうなんだな？　でなければ、ここにはいないだろう。癌《がん》かなにか重大な病気になって、シモーヌに看病してもらわなければならないのか？　言ってくれれば、費用は僕たちが負担するよ」

輝くような瞳に涙があふれた。「そんなことを言うのは、この世でもっとも寛大なあなた一人だわ。私は癌じゃなくて、もっと深刻な病気なのよ。しかも、治療法は一つしかない」

ラウルは背筋が冷たくなった。「なにを言っているんだ？」つらくてたまらない。

「あの……私はまだ仕事中だから、すぐには話せないわ。そもそも、なにも言うべきじゃなかった。ごめんなさい」フルリーヌが背を向けようとした。

「いや、だめだ、行かないでくれ、フルリーヌ」

彼女が足をとめ、振り返った。

「そんな爆弾発言をして、僕の正気を失わせないでほしい」

フルリーヌの目にはまだ涙があふれていた。「あなたをつらい目にあわせる気はなかったの」

目の前には……昔のやさしい彼女がいた。しかし、ラウルはほだされまいとした。

「説明してくれないか、フルリーヌ。ブーランジェリーの裏にまわるから、中に入れてほしい」

「やめて、お願いだから」彼女が懇願した。手を振って続ける。「マナラができるのはもっとあとだから、仕事が終わったら持っていくわ。場所を教えて。必ず行くから」

彼の手が拳を作った。「君が約束を守ると、どうしてわかる？」

「そ……そうよね」フルリーヌが不安そうに言った。「でも本当のことを知ったら、あなたにもわかると思うわ。なにがいけなかったのか話すために、私が人生をかけているんだって」

「なにを言っているんだ？」もう我慢できない。

「しいっ！　人が聞いてるわ。帰って」彼女がささやいた。「あなたが言うところなら、どこにでも会いに行くから」

ラウルは考えずに口を開いた。「七時に僕のオフィスに来てくれ。二人きりで会おう」

「わかったわ。必ず行く」フルリーヌが何度も唾をのみこんだ。「ありがとう」

フルリーヌは急いで〈ボーシャン〉の厨房《ちゅうぼう》へ戻った。一日の終わりにラウルに会えるのはとてもうれしかったけれど、半面彼を追いつめたようで恐ろしくもあった。どうすれば私の話を聞いて、なぜあんなひどい拒絶をしたのか理解してもらえるのだろう?

私はラウルをぞんざいに扱ってしまった。あれはまるでお気に入りのおもちゃをいらないから捨ててしまう子供のような態度だった。自分のしたことが恥ずかしくてたまらない。私と会ってくれるのも、不治の病だと誤解しているからにすぎない。

その日は一日なんとかいつもどおりに働いた。今夜はラウルに結婚してくださいと言う、たった一度のチャンスなのだ。フルリーヌは不安でたまらなかった。彼のプロポーズをはねつけた私が、もう一度求められることなんてあるの? 父親と同じくらい、ラウルにひどいことをしたのに。

閉店時間になると、フルリーヌはマナラの箱を持って裏口を飛び出し、まっすぐ家に帰った。

「ママン?」

「寝室にいるわ!」

涙を流しながらそこに駆けこみ、母の腕の中に飛びこむ。「ラウルが〈ボーシャン〉に来て、私が働いているのを知ったの。なぜ実家に戻ってきたのか、どうしてすべてを捨てて愛する彼のもとへ来たのか気づいてほしかったんだけど」首を振る。「とんでもないことになってしまって」

「どうなったの?」

「私が仕事を辞め、ラウルに黙って一週間以上〈ボーシャン〉で働いていたと知ると、彼はママンが不治の病だから帰ってきたと早合点したの」

「なんですって?」

「もちろん違うと言ったわ。そしたら彼は、今度は私が不治の病で、ママンに看病してもらうために帰ってきたと思ったの」さらに涙を流す。「でもここからがすごいところで、彼は二度と会わないと言った私の医療費を出すと申し出たのよ」

「聖人みたいな男性ね。それに、決して希望を捨てない人なんだわ」

「彼は愛がなくても善行ができる人なの。そういうふうに生まれついているのよ」

「そのとおりだわ」

「私はその場で全部話したかったんだけど、お客さんがいたからそうもいかなくて。ラウルは私が病気だと思いこんで帰ろうとしなかったけど、あとで説明すると約束して帰ってもらったわ。私の一生がかかった話をするなら、二人きりになれるところでないといけないと言って」

「ラウルはきっと気が動転してしまったのね」

「いいえ、ママン。動転しているのは私のほうよ。彼が私とやり直したがるなんて想像できない」

母が娘の腕を撫《な》でた。「それなら、することは一つしかないわ。あなたがパリから帰ってきて始めたことなのだから、きちんと終わらせなさい。結果がどうであれ、今夜は彼との約束を守って、心をさらけ出すの。彼にしたことを思えば、そうしなければならないのよ」

「私はひどいことをしたものね」声が震えた。

「ラウルに話しなさい。あなたたち二人がやり直すにはそれしかないわ」母が腕時計に目をやった。「七時の約束なら、急いだほうがいいわね」

フルリーヌは浴室に駆けこみ、シャワーを浴びて髪を洗った。鏡の前で髪を整えながら、ラウルに会うために干し草小屋へ行った十年前の日のことを思い出す。あの日は彼のためにおしゃれをしたかったのにひどい服を着るしかなく、長い髪にもなにもできなかった。化粧もできなかったし、香水もつけられなかった。

でも今夜は、あの日の灰かぶりの姿を忘れてもらえるようなおしゃれをしよう。

七時五分前、フルリーヌはウエストを絞った七分袖のスカイブルーのワンピースに身を包んだ。気分が悪くなるほど、心臓は激しく打っていた。

キッチンにいる母を見つけてキスをする。「ママン、私のために成功を祈っててね」

「いつまでも祈っているわ。あなたが祈る必要がないくらいにね」

9

七時七分。フルリーヌはまだ来ない。

耐えきれず、ラウルはデスクに手をついて立ちあがった。彼女になにがあったんだ？　だが、今はどうしようもない。やれることといったら、ジャン・ルイが言った、ラ・ランサ二ューズから地球の反対側へ引っ越すくらいだ。

彼はオフィスを飛び出し、自分のトラックへ向かった。しかし、青いルノーがトラックの後ろにとまった。

シモーヌ？　きっとなにか大変なことが起こったのだ。ラウルは心臓がとまりそうだった。

運転席のドアが開くと、スカイブルーの服の女性が現れた。車のライトに照らされているのは、フルリーヌだった。夜風に乗って香水の香りがする。

「まだいてくれてありがとう。遅くなってしまったのはわかってる。でも待って」彼女の美しい瞳には懇願がこもっている。「私が来ないと思っていた？」驚くほど元気そうだが、息が切れていた。「私の車が動かなかったから、母の車に乗ってきたの」

ラウルはうなじをさすった。「涼しくなってきたのに、コートを着ていないね」

「いらないと思ったの。あなたと話すために急いでいたから」

ラウルは思わず言った。「アシスタントが仕事をしにオフィスに来るかもしれない。だからきちんと話ができるよう、僕の家へ行こう」

フルリーヌの華やかな顔に警戒がよぎった。「あなたのご実家に？」

「ああ、そうだ。君は僕を信用して、とても重大な秘密を打ち明けようとしている。僕の部屋なら誰にもじゃまされない。建物の脇の入口を利用すれば、家族は誰も気づかないし」

「ありがたいわ」

「ついてきてくれ」ラウルはトラックに向かい、フルリーヌが母親の車に戻る間にエンジンをかけた。バックミラーで、ルノーが後ろにいるのを確認する。

ずっと前から、自分が住んでいる場所に彼女が来てくれる日を待ち望んでいた。まさか、プロポーズを断られるよりももっと悪いことをフルリーヌが告げるときに、願いがかなうとは思っていなかったが。

これから一時間を乗りきる力が僕にありますように。

彼は車で大邸宅をめざし、脇の入口のそばにとめた。ここからなら自分の部屋に簡単に出入りできる。隣に車をとめたフルリーヌのために、歩いていってドアを開けた。彼女は車を降りて一緒に大邸宅の中に入り、階段をのぼって二階をめざした。

ラウルは廊下を進み、自分の部屋のドアを開けた。「どうぞ、フルリーヌ」彼女は足を踏み入れたものの、それ以上奥へ行くのをためらっているようだ。「ソファに座ってくれ」

「ありがとう」

ラウルはわけがわからなかった。フルリーヌは自信に満ちているというより、警戒していて昔の彼女を思い出させた。病気が変えてしまったのだろう。「なにか飲むかい？」ソファの隅に座った彼女に尋ねる。「なにか必要なものはあるかな？」

フルリーヌが首を振り、懇願をこめた目で見つめた。「あなたと最後に話ができること以外はなにもいらないわ」

最後……。ラウルはうなり声をあげた。彼女の向かいの椅子に腰を下ろし、両膝に手を置いて前かがみになる。「ブーランジェリーで話を聞いて、頭の中が真っ白になってしまったよ。早く言って楽になるといい。君はあと何年生きられるんだ？」

フルリーヌが飛びあがり、しばらく歩きまわったあと、ラウルの前に立った。「ラウル」憤慨したように両手を広げる。「私は死なないから！〈ボーシャン〉では、説明しようとしたら人がいてできなかっただけなの」

「だが、君は――」

「唯一の治療法はあなたと話すことだ、という意味で言ったの。病気なんかじゃない」

ラウルは両手で顔を撫《な》でてから、頭を上げて彼女を見つめた。「では、君は死なないのか？」

「いいえ、ちょっと違う。だって私……あなたへの愛で死にそうだから」

ショックと混乱で、彼は立ちあがった。僕はまた幻を見ているのだ。「フルリーヌ――」

「最後まで言わせて。私が仕事を辞めて故郷に戻ってきたのは、幼いころからずっとあなたを愛していたからで、気持ちは今も変わらない。本当よ、ダーリン。私はあなたを自分の命よりも愛している。でも私が残酷な言葉で、あなたの心を粉々に打ち砕いてしまったのはわかっているわ。パリとイスキア島で言ったことは、全部嘘《うそ》だったのに！」

ラウルは何度か呼吸した。「どうして？」

「すべては十年前、コートに縫いつけられていた母の手紙に書かれた言葉が原因だったの。母は私たち二人を守るために、父への恐怖を私に植えつけた。父が私たちを殺すと言っていたから、私があなたのところへ戻るのを防ぎたかったのよ。それに私があなたを失ったら死んでしまうと思って、伯母の家を逃げ出したあとは仕事での成功をめざすよう勧めてくれた。男性には頼らずに、幸せで充実した人生を送りなさいと言って。つまり、あなたには頼らずに。私はその言葉に従おうと決め、後ろを振り向かずに生きてきた。なのに、あなたと偶然出会って以来、私の人生は拷問そのものになったわ」

「拷問とは言い得て妙だな」ラウルは低い声で言った。

「正しいことだからと信じてあなたを遠ざけるのがどれほどつらかったか、あなたにはわからないと思う。だけど、エマがあなたに恋をしていると気づいて、どうしようもなくなったの」

彼は顔をしかめた。「エマが？」

「私はそのままにはしておけず、昔あなたにプロポーズされたことや、私が愛するただ一人の人はあなただと話した。妹は私たちのことを知らなかったし、出会った瞬間あなたに恋をしてもしかたないわ。あなたはとてもすてきな人だもの。でも、私は嫉妬でくるいそうだった」

「ありえないな。エマは妹じゃないか」

「再会してから私がどれだけ苦しんできたか、あなたには理解できないでしょうね。ずっと自分が自分でないようで、まともな状態でいられなかった。あなたが私のオフィスに来て十年ぶりに顔を合わせたあの日、私は全力で抱きついて〝結婚します〟と言いたかった。今もあなたの妻になって、死ぬまで――いいえ、死んだあともずっと愛していたい気持ちは変わらないわ、ラウル。あなたとの子供も欲しい。それを伝えたくて、ここに来たの」

ラウルは喜びのあまり、心臓発作を起こして死ぬのではないかと思った。

「あなたが私を軽蔑しているのは知っているわ、ラウル。だからもう行くわね。ラ・ランサニューズに住んでエンジニアの仕事をさがすつもりだけど、あなたの前には現れないと約束する。〈ボーシャン〉では本当に働いていたわけじゃないの。母の計らいで、あなたに会えるようにしてもらっただけ。あのマナラにあなたを呼びよせてもらいたかった。話をしたかったのに、怖くて近づけなかったから」

ラウルはまた頭を振った。「君が言っていることが信じられないよ」

「そうよね。ラ・ランサニューズを出て二度と戻ってこないでほしいなら、今から空港へ行くわ。でも、その前に真実を聞いてほしかったの。こんなに時間を与えてくれてありがとう」

僕が夢中になった、愛らしいフルリーヌが戻ってきた。彼女はドアに向かおうとしていたが、ラウルはその前にまわり、腕に手を置いた。「どこにも行かないでくれ」

菫《すみれ》色の瞳に唖然《あぜん》とした表情が浮かんでから、フルリーヌが純粋な愛とともに彼を見つめた。

「二人で結婚式の計画を練らないとね、僕の愛する人《モナムール》」

漆黒の瞳にあふれる愛と欲望に、フルリーヌは言葉を失った。腕をラウルの首にまわして体を密着させると、彼が魅力的な唇をフルリーヌの唇に重ねる。キスは干し草小屋のときのものとは違っていた。愛を表現したい欲求はすさまじく、二人は互いを包みこむようにぴったりと身を寄せ合った。

フルリーヌは時間を忘れてキスに溺れ、心も体も魂もラウルのものになろうとした。彼の腕に抱かれている現実は、どんな夢もかなわなかった。「ダーリン」彼女は恍惚《こうこつ》とした表情でうめいた。「愛してる。怖くなるくらいに愛しているわ」

「僕は、君が〝私たち〟の話なんてないと言って宮殿《パレ》の僕の部屋から出ていったとき、心が死んでしまったようで怖くなったよ」

「私の心も死んでいたわ。二度とあんなことはしない」ずっと手が届かなかった彼を求めて、フルリーヌはふたたびキスを始めた。

またしても、二人は圧倒的な情熱に夢中になった。

「君なしでこれまでどうやって生きてこられたんだろう？」ようやくラウルが言った。

「私たちがまだ生きているなんて奇跡だわ」フルリーヌもささやいた。

「僕たちは結婚しなければ。今すぐディディエ神父さまに電話するよ」ラウルが花嫁のようにフルリーヌを抱きあげてソファに運び、飢えたキスを再開した。膝の上に彼女を座らせたあと、やっと唇を離し、携帯電話を取り出して教会に電話する。

フルリーヌは彼の首筋に顔をうずめた。「どうして神父さまの番号を知っているの？」

「君とギャルベルのことで、神父さまとは何度も話したからね」

ラウルの顎にキスをしながら、フルリーヌは身を寄せた。「ラ・ランサニューズへ戻る前、パリの神父さまとじっくり話したの。その神父さまにも私のあなたへの思いを聞いてもらったわ」ラウルが電話をかける間は、彼の腕の中で幸せのあまりうっとりしていた。ラウルが神父に自分たちをすぐにでも結婚させてほしいと頼むと、神父の声からは純粋な喜びが伝わってきて、フルリーヌの胸はときめいた。さらに喜びに満ちた会話が続いて電話が終わると、彼女は抱きよせられた。

「ディディエ神父さまは、カウセル家の三つ子が大聖堂で誓いを立てるのはずいぶん先の話だと思っていたらしい。市民婚をあげてから、大聖堂で祝福を受けるのはどうかな？　神父さまはいつでも僕たちを結婚させてくれるそうだ」

ラウルがフルリーヌと唇を重ね、二人は想像もしなかった歓喜の中にふたたび身を投じた。二人は本当に結婚するのだ、と彼女は思った。ラウルは私が永遠に愛し大切にする夫となる。

「僕の宝物《モン・トレゾー》」ラウルがフルリーヌの顔にキスの雨を降らせながらつぶやいた。「君をベッドへ連れていって永遠に愛し合いたくてたまらないよ。でも誰もいない場所へさらって独り占めする前に、君には僕の妻になっていてほしい。階下《した》へ行って、父に会ってくれないかな？　僕たちの結婚のことを話してから、君の家に行ってシモーヌにも義理の息子ができると伝えよう。好きにしていいなら、明日の朝一番に結婚したいくらいだ」

「私もできるならそうしたいわ」フルリーヌは熱いキスを返した。数分後、二人は立ちあがった。

彼がもう一度キスをした。「ここで待っていてくれ」

フルリーヌはぼんやりと立っていた。ラウルが戻ってきて彼女の左手をつかむ。「この指輪はイスキア島へ持っていって以来、ドレッサーに置いてあったんだ」

二カラットの菫色の石がついた金の指輪が薬指にはめられ、フルリーヌは叫び声をあげた。「ああ、ラウル。こんなダイヤ、今まで見たことがないわ」

「君の瞳の色に近いものを贈りたくてね。世界で唯一の産地だった、オーストラリアにあるアーガイル・ダイヤモンド鉱山で採掘されたバイオレット・ダイヤモンドだよ」

「こんなダイヤがあるなんて!」フルリーヌはふたたびラウルの腕の中に飛びこんだ。

彼がフルリーヌの顔を包みこんでキスをした。

「僕たちはついに婚約した。だが君がソフトウェア・エンジニアの道に進みたいなら、あるいはフランス一のパン職人になりたいなら応援するよ。僕のそばにいてくれる限りはね」

「ああ、ダーリン! 私はあなたの妻、子供の母親でありたいわ。ラ・ランサニューズでソフトウェア・エンジニアの仕事を見つけたり、ブーランジェリーで働いたりするかもしれないけど、二度とあなたとは離れたくない」

「その言葉を聞きたかった。今から父の介護人のリュカに電話してみるよ。もし父がまだ起きていたら、僕たちの結婚の話を聞いてもらいたい」フルリーヌが髪と口紅を直している間に、ラウルは携帯電話を取り出した。数秒後、通話を終えて言う。「行こうか」彼はフルリーヌの肩に腕をまわして自室をあとにし、廊下を歩いて大階段をめざした。彼女の目は大邸宅の壮麗な内装に釘《くぎ》づけだった。やがて二人は別の廊下を歩き、別の部屋へ足を踏み入れた。

車椅子に乗ったラウルの父の隣には、介護人らしき男性がいた。年配のルイはパジャマにローブを羽織っている。しかしその茶色の瞳はいきいきとしていて、驚いたように二人を見つめていた。

「父さん、こんな遅い時間にすみません。どうしても知らせたいことがあって」

二人が近づくと、ルイが満面に笑みを浮かべた。

「これはこれは、あのかわいいフルール・デュモットが、すっかり大きくなったようだね。君は最高にかわいい子だった。私のラウルが追いかけるようになったのも無理はない」

その言葉を聞いて、フルリーヌの心は温かくなった。「ムッシュー・カウセル、やっとお会いできてうれしいです。私や私の家族のためにしてくれたこと、どれだけ感謝してもしきれません」

「私は最近まで、君や君の家族がどんな目にあってきたか知らなかった。君たちが救われ、幸せな日々を送れていてよかったよ」

彼女の目に涙がたまった。「私たちみんなが無事でいられるのは、あなたの寛大さと善意のおかげです」

ラウルはフルリーヌの肩に腕をまわしたままだった。「父さん、今夜、僕のフルリーヌが妻になることを承諾してくれました。そのことを最初に知らせたくて」

父の目がうるんだ。「これで私の祈りはすべてかなった。フルリーヌ、こっちへおいで」二人は抱き合った。「やっと最後の息子も幸せになるんだな」

「僕たちはできるだけ早く結婚したいんだ」

「それなら、そうするといい」

「ディディエ神父さまが大聖堂で結婚させてくれると言ってくれたよ」

「ついにあそこにつどうことができるのか。披露宴会場にはこの家を使うといい。舞踏室なら両家の人間や友人を全員呼んでもじゅうぶんな広さがある」

ラウルは父を抱きしめた。「僕もそうしたかったよ、僕の父さん《モン・ペール》」フルリーヌに向き直り、彼女の頬にキスをする。「どう思う、かわいい人《シェリ》？」

「ほかの場所は思いつかないわ。ここはあなたの家であり、受け継がれるべき場所だもの。母も喜ぶと思う」

ルイが手をたたいた。「ここにまた喜びがやってきた。私は幸せな男として死ねるよ」

「ああ、お願いだから、そんなことを言わないでください！」フルリーヌは声をあげた。「父さんにはずっとそばにいてもらわないと。じゃあ、失礼して、シモーヌの家へ行ってくる」

ルイがフルリーヌを見つめた。「シモーヌによろしくと伝えて、私に連絡するよう言ってくれないかな？」

「そうします。ありがとうございました。あなたが育てた息子さんは世界でいちばんすばらしい男性です」

ラウルはフルリーヌを部屋の外に連れ出し、大邸宅の脇にあるドアに向かった。熱烈なキスをしたあと、二人はデュモット家までの短い距離を別々の車で移動した。フルリーヌは幸せすぎて、雲の上にいるような気分だった。

「ママン？」家に着くと、彼女は呼んだ。

「今行くわ！」シモーヌがキッチンから居間へ駆けこんできた。「ああ、ラウル――」

「シモーヌ！」彼はフルリーヌを放して未来の義理の母を抱きしめた。「僕がどれだけあなたの娘を愛していると伝えたかったか、あなたは知らなかったでしょう。今夜、彼女は僕の妻になることを承諾してくれました。祝福してくれますか？」

シモーヌの頬を涙が伝った。「あなたたちはずっと前に結婚しているべきだったのよ」

彼は首を振った。「今となってはどうでもいいことです。僕たちはこれから、夫婦として残りの人生を楽しむつもりです。あなたやマルティ、エマはもう家族です」

フルリーヌは幸せな気持ちがこみあげるのを抑えきれなかった。二人のもとに駆けより、腕をまわす。

母がささやいた。「ラウルは、あなたが彼なしでは生きていけないとわかったのね」

一週間後、ラ・ランサニューズにある大聖堂

正午、ラウルは兄弟と一緒に大聖堂の前でじれていた。まわりにいるカウセル家の全員も、フルリーヌとその家族を乗せたリムジンを待っていた。今日の結婚式では若い二人が夫婦となるだけでなく、解放と癒やしがみなに与えられる。大聖堂の外には地所で働く人たちもおおぜい集まっていた。

「落ち着けよ。リムジンが角を曲がってきたぞ」

「パスカル、君がいなかったら僕はどうなっていたか。君以上の友はいないよ」

「僕も同じ気持ちだ」

数秒後、ラウルはリムジンがとまった場所へ急いだ。後部座席のドアを開け、フルリーヌが石畳の上に降りたつと、どよめきが広がった。流れるようなデザインの白いウエディングドレスと長いレースのベールをつけた彼女は、まるで天から降ってきたのかと思うほど美しかった。

「いとしい人」ラウルはフルリーヌの手を握り、大聖堂へ歩みを進めた。彼女はもう片方の手に白い薔薇《ば ら》のブーケを持っていた。ドアが開くと、中から音楽が聞こえてきた。祭服に身を包んだディディエ神父が晴れやかな笑顔で二人を出迎え、ついてくるよう指示し、人々はあとについていって身廊をうめつくした。

ラウルはフルリーヌの手を握った。彼女はより強い力で握り返して新郎を喜ばせた。この日のために、二人はいろいろ準備してきた。ラウルがわざと忙しくしていたのは、フルリーヌをさらって激しく愛し合わないようにするためだった。だから、ついにこの日がきたことが信じられなかった。

神父が振り返って二人に向き合い、両手を掲げた。

「父と子と聖霊の御名《みな》においてあなた方に恵みを、父なる神と主イエス・キリストからは平安が与えら

れますように。愛する者たちよ、あなた方がこの神の家に集まったのは、あなた方の結婚の意思が主の神聖な印によって強められるためなのです。キリストはあなた方を結ぶ愛を祝福してくださいます。キリストは特別な秘跡を通して、聖なる洗礼によってすでに聖別された人々を高め、力づけ、あなた方が祝福によって豊かになるようにしてくれます。この大聖堂であなた方の意思を表明するようお願いします。ラウル・カウセル、あなたは心から結婚をするためにここに来たのですか？」

「はい、そうです」

「フルール・デュモット、あなたは心から結婚をするためにここに来たのですか？」

「はい、そうです」フルリーヌははっきりと、力強く答えた。

「聖なる結婚をするために右手と右手を重ね、神と神の家の前で夫婦になる意思を宣言してください」

ラウルが心をこめて彼女の手に手を伸ばした。

神父が二人の指輪に聖水をかけて手渡した。「ラウル、私のあとに続いて言ってください。〝フルール・デュモット、私の愛と忠誠の証《あかし》として、この指輪を受け取ってください。父と子と聖霊の名において〟そして、指輪を彼女の指に」

ラウルはこの瞬間ほど、フルリーヌを自分のものにしたいと思ったことはなかった。

「さあ、フルール、あなたも私の言葉を繰り返してください。〝ラウル・カウセル、私の愛と貞節の証として、この指輪を受け取ってください。父と子と聖霊の名において〟」

フルリーヌは震える手で、新郎のために用意した金の指輪を指にすべらせた。

神父がほほえんだ。「では、私のあとに続いて言ってください。〝私、ラウル・ロンフルール・カウセルは、フルール・ビノシュ・デュモットを妻として迎えます。私はよいときも悪いときも、病めるときもすこやかなるときも、あなたに忠実であると誓い、生涯あなたを愛し敬います〟」

ラウルは花嫁のほうを向いて、魂からわき出る誓いの言葉を繰り返した。

神父がフルリーヌを見た。「さあ、私のあとから繰り返してください。〝私、フルール・ビノシュ・デュモットは、ラウル・ロンフルール・カウセルを夫として迎えます。私はよいときも悪いときも、病めるときもすこやかなるときも、あなたに忠実であると誓い、生涯あなたを愛し敬います〟」

言葉を繰り返すフルリーヌの声を聞いて、ラウルは心の奥を揺さぶられた。

「神が結びつけたものを、何者も引き離すことはできない。アブラハム、イサク、ヤコブの神、そして私たちの最初の両親を楽園で結びつけた神が、あなた方がした宣言を強固にし、祝福してくださる。神とここに集まった証人たちの目の前で、私は今、あなた方を夫婦と宣言します。新郎新婦はキスを」

十代のころに魅了された菫色の瞳があまりに愛らしく、ラウルは震えながら唇を近づけた。フルリーヌほど美しい花嫁はいなかった。兄弟からは、おおぜいの招待客の前では自制しろと忠告されている。結婚式が終わり、二人で大聖堂を出て人々の歓声を聞きながら歩き出すまで、ラウルは彼女をむさぼりたいのをどうにか我慢していた。

鐘の音が鳴り響く中、ラウルはフルリーヌを待っていたリムジンの後部座席に乗せた。車が動き出すと、彼女を抱きよせる。「マダム・カウセル……そう呼べるようになるまで、僕がどれほど待ったか」

「私が待ち望んでいたほどじゃないと思うわ、私のいとしいムッシュー・カウセル」二人は二十数キロ離れた大邸宅に着くまでキスをしていた。

リムジンが玄関の前でとまった。「最愛の人」ラウルがキスの合間につぶやいた。「乾杯をすませようか。ヘリコプターが来たら僕たちはイスキア島に逃げ出して、二人だけの世界に行こう」

彼女の心臓が激しく打った。「二人だけの世界に?」

「ほかのどこに行くんだい?」もう一回キスをしてから、彼はドアを開けて花嫁を後部座席から降ろし、ブーケを持って一緒に歩き出した。

「ああ、ラウル」舞踏室でフルリーヌは息をのみ、花婿にしがみついた。「あなたのお姉さまと私のきょうだいが、この豪華な部屋をおとぎの国に変えたみたい。見て、あの木々と小さな白い明かりを!」

彼女の視線は上品な淡いベージュのリネンをかけたたくさんの円卓や白い薔薇の籠、燭台《しょくだい》にそそがれていた。部屋の片隅にある長方形のテーブルには、ウエディングケーキが二つ置かれている。ケーキがこの大邸宅を見事に模していたのは、母が腕をふるったためだろう。それぞれのてっぺんには、小さな花嫁と花婿が飾られている。

「見て、ラウル! 母は人形の顔に私たちの顔の写真を貼ってるわ。信じられる?」

彼の笑顔はすばらしかった。「シモーヌはこの世でもっともすてきな女性を産んだ魅力的な女性であるだけでなく、芸術家でもあるんだな。僕たちの子供のために、あの人形を取っておかなければ」

ラウルはフルリーヌを抱きよせ、部屋をうめつくす招待客たちの前で臆面もなくキスをした。

誰かがゴブレットをたたいて、人々の注意を引いた。花婿が花嫁をテーブルの中央まで連れていくと、部屋は静まり返った。二人が席についたとき、パスカルが顔を輝かせて立ちあがった。

マルティやラウルの父、兄弟、義理の兄たちはみな、襟元に花を飾った黒いタキシード姿だった。フルリーヌは周囲を見まわしたけれど、誰も彼女の夫にかなう人はいなかった。

「親愛なるご家族とご友人のみなさま、僕は伯父のルイから挨拶を頼まれたパスカルです。ラウルとフルールにとって記念すべき日に、ディディエ神父さまが一緒に食卓を囲んでくださることを光栄に思います。神父さまはカウセル家の人々や地所内の人々にとって、なぐさめであり友人ですから。新婦にやさしい言葉をかけたい人、ラウルを困らせたい人はあとで時間があります」笑い声が起こった。「まず僕とラウルは幼いころ、父親同士が一緒に働いていたため仲よくなりました。当時ほど楽しい時期はありませんでした。ラウルのような恋をしている十代の男は見たことがなかったのに、フルールとは引き離されてしまった。固い絆《きずな》で結ばれてきたので知っていますが、この十年、彼はかなり元気がありませんでした。ところが偶然にもフルールと再会し、奇跡が起こった。それ以来、いとこは笑顔が絶えません」人々もほほえんだ。「では、このすばらしいひとときをお楽しみください」

出された料理はすばらしかった。本当に結婚したことが信じられず、フルリーヌはラウルをちらちら見つめていた。そんな中、パスカルがふたたび立ちあがった。

「ウエディングケーキを切り分ける前に、ルイから乾杯の挨拶があります」マイクをラウルの父に渡す。

「私と亡き妻はフルールとラウルのように若くして恋に落ち、十代後半で結婚して、六人のかわいい子供たちに恵まれました。三つ子の男の子が生まれる前の夜、私たちはこれからの大きな責任と喜びについて語り合い、そのときから本当にたくさんのことがありました。今の私は六人すべての子供たちとその配偶者、そして孫たちに囲まれています。もちろん、もっと数が増えるのを期待しているよ」ラウルがフルリーヌにウインクする。「それに、まだ生きている自分が信じられません。ラウルとフルールの結婚ですべての夢はかないました。最高の一日をありがとう」

ルイがワイングラスを掲げた。

「ラウルとフルールに乾杯。これからの人生、一瞬一瞬を大切にしてほしい」

地中海の風が二階の中庭《パティオ》から寝室に吹きこみ、朝の訪れを知らせている。ラウルは父の願いを噛《か》みしめていた。この十二時間で、彼とフルリーヌは夢にまで見た夫婦になっていた。愛らしい妻と愛し合うことは、頭の中の想像をはるかに超えていた。妻が与えてくれるものに終わりはないから、僕が飽きる日はこないだろう。一人でいることにはもう耐えられない。呼吸するためには空気が必要であるように、僕には彼女が必要だ。

十年間の飢えは、神聖な新婚初夜でも満たされることはなかった。ラウルは残りの人生で昼も夜も互いを求め、愛をそそぎ合うのがどういうことなのか、互いに示せることを天に感謝した。フルリーヌは体の内側も外側も美しく、二人は何度も何度もあふれんばかりの喜びを与え合った。

フルリーヌの魅惑的な唇の形は特にお気に入りで、夢中にならずにはいられない。ラウルは彼女の頬や髪、眉、喉の敏感な場所にキスをした。フルリーヌが身を寄せ、彼の腕に手をかける。その感触と甘い香りに我慢できなくなり、ラウルはキスで起こそうとした。

「ダーリン」フルリーヌがつぶやき、キスに応えはじめた。ラウルは彼女を引きよせ、体の半分を自分の上にのせた。数秒ののち、すばらしい喜びのひとときがもう一度始まる。次に気づいたとき、パティオには太陽の光が差しこんでいた。

「おはよう、僕の奥さん《モン・エポーズ》」

フルリーヌが菫色の瞳にいとしさをこめて夫を見つめた。「私になにをしたのか、わかっているの？　私の人生をどう変えたかを？　なんだか生まれ変わった気分だわ」

「そうだ。初めて君を見て、やさしい笑い声を聞いたときから、君は僕のものだったんだ、僕の大切なフルリーヌ。その日以来、僕は以前の自分と同じではなくなった。君は僕が長年望んでいたすべてだ。どうか君に深く深く恋をしている僕を助けてくれないか？」

彼女がほほえんだ。「それってどういう意味？」

「正確には僕にもわからないんだ。なにを感じているのか、うまく説明できなくて」

フルリーヌがラウルの唇にキスをした。「私もあなたと同じ気持ちよ。あなたへの愛が私の中で爆発しているのがわかるの。解決するにはお互いに命をかけてしがみつくしかないわ」

「お安いご用だ」

二人はひしと抱き合った。「完璧な結婚式だったわね、ラウル」フルリーヌが言った。

「ああ。たとえ最初の十年を逃したとしても、僕たちは永遠に完璧な人生を送る運命だったんだ。よいときも悪いときも、愛があればどんなことも乗り越えられると誓ったからね」

「もう完璧な人生になっているわ。今、私たちがいる場所を見て。私はあなたの腕の中、ずっといたいと思っていた場所にいるの。私は地球上でいちばん幸せな女よ。愛してるわ、フルリーヌ・カウセル」

「僕も愛してるよ、フルリーヌ・カウセル。それなら僕は地球上でいちばん幸せな男だよ。もっとそばに来て、二度と僕を放さないでくれ」

ハーレクイン®

純白の灰かぶりと十年愛
2023年9月20日発行

著　者　レベッカ・ウインターズ
訳　者　児玉みずうみ（こだま　みずうみ）

発行人　鈴木幸辰
発行所　株式会社ハーパーコリンズ・ジャパン
東京都千代田区大手町 1-5-1
電話 03-6269-2883（営業）
0570-008091（読者サービス係）

印刷・製本　大日本印刷株式会社
東京都新宿区市谷加賀町 1-1-1

表紙写真　© Brianholt00 | Dreamstime.com

ISBN978-4-596-52336-5 C0297

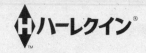

9月27日発売 ハーレクイン・シリーズ 10月5日刊

ハーレクイン・ロマンス
愛の激しさを知る

富豪が望んだ双子の天使	ジョス・ウッド／岬　一花 訳	R-3813
海運王に贈られた白き花嫁 《純潔のシンデレラ》	マヤ・ブレイク／悠木美桜 訳	R-3814
囚われの結婚 《伝説の名作選》	ヘレン・ビアンチン／久我ひろこ 訳	R-3815
妻という名の咎人 《伝説の名作選》	アビー・グリーン／山本翔子 訳	R-3816

ハーレクイン・イマージュ
ピュアな思いに満たされる

午前零時の壁の花	ケイト・ヒューイット／瀬野莉子 訳	I-2773
婚約は偶然に 《至福の名作選》	ジェシカ・スティール／高橋庸子 訳	I-2774

ハーレクイン・マスターピース
世界に愛された作家たち
～永久不滅の銘作コレクション～

誘惑の落とし穴 《特選ペニー・ジョーダン》	ペニー・ジョーダン／槙　由子 訳	MP-79

ハーレクイン・ヒストリカル・スペシャル
華やかなりし時代へ誘う

子爵の身代わり花嫁は羊飼いの娘	エリザベス・ビーコン／長田乃莉子 訳	PHS-312
鷲の男爵と修道院の乙女	サラ・ウエストリー／糸永光子 訳	PHS-313

ハーレクイン・プレゼンツ作家シリーズ別冊
魅惑のテーマが光る
極上セレクション

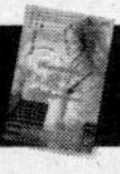

バハマの光と影	ダイアナ・パーマー／姿　絢子 訳	PB-370

※予告なく発売日・刊行タイトルが変更になる場合がございます。ご了承ください。